官能小説

ほしがる未亡人

庵乃音人

竹書房ラブロマン文庫

目次

第一章　未亡人への裏仕事　5
第二章　幼なじみとの戯れ　60
第三章　喪服美女のおねだり　120
第四章　兄嫁のしずく　162
第五章　痴女と化す淑女　201
終章　247

※この作品は竹書房ラブロマン文庫のために
書き下ろされたものです。

第一章　未亡人への裏仕事

1

「この場をお借りしまして、喪主の高畑《たかはた》様より、本日ご参列いただきました皆様にお礼のご挨拶を申し上げます」

ちょっとハスキーな、色っぽい声がマイクを通じて式場にひびく。

そこここから、すすり泣く声が聞こえていた。

しめやかな雰囲気。

喪服姿の若者が席を立ち、マイクに向かう。

緊張しているのがよく分かった。

進行役を務めるスタッフの女性がさりげなくマイクに近づき、喪主にあわせてスタンドの高さをととのえる。

(義姉《ねえ》さん)

式場の一角に立ち、稲田亮二《いなだりょうじ》はたまらず心中でその人を呼んだ。

稲田亜由美《あゆみ》、三十六歳。

八つ年上のその人は、亮二のいとしい兄嫁だ。

だが今は、個人的なせつなさに胸を焦《こ》がしていてよいときではない。亮二にも亜由美と同様、セレモニーセンターのスタッフとして、最後まで葬儀が順調に進むよう、きっちりとしきる責任がある。

「ほ、本日は……」

亜由美に軽く会釈をし、喪主の若者が挨拶をはじめた。

母親を、病気で亡くした青年だ。

その声は最初から、もうふるえている。

白木の祭壇に飾られた遺影の中では、品のいい中年婦人が満面の笑みを会葬者たちに向けていた。

明るい笑顔と、残された息子の悲しい姿の落差には、胸に迫るものがある。

「本日は……ご、ご多忙の中、母・幸恵《ゆきえ》の葬儀にご会葬いただきまして、誠に……誠に――」

そこまで言って、こらえきれずに声が上ずった。

若者は顔を隠すようにうなだれ、小さく肩をふるわせる。

彼の悲しみが、式場内のすすり泣きをさらにあおった。あちこちから聞こえる慟哭《どうこく》がいちだんと大きさを増し、こちらまで胸がふさがれる。

（あっ……）

亮二はハッとして兄嫁の亜由美を見た。

まさに大和撫子《やまとなでしこ》と賞賛したくなるような、清楚で気品に満ちた和風の美貌。

亜由美はそっと目元をぬぐう。

雛《ひな》人形を彷彿《ほうふつ》とさせる色白の小顔が紅潮していた。

――お前、プロなんだぞ。プロがいちいちもらい泣きをしていてどうするんだ。

生前、兄はいつでもそう言って妻をしかっていたそうだ。

たしかに亡兄の言うことも一理ある。

遺族と一緒に悲しみに引きずりこまれ、冷静さを欠いてしまっては、葬儀屋として話にならない。

だがそうは思いつつ、亮二はもらい泣きをする兄嫁が誇らしかった。やさしい亜由美なら無理もないと、いつだって彼は思っている。

烏《からす》の濡れ羽色をしたロングヘアーを、いつもと同様アップにまとめ、白いうなじを露わにしていた。シックな黒のジャケットと、パンタロン。ホワイトのシャツと黒いタイの組みあわせが、じつによく似合っている。

ただし楚々《そそ》とした美貌とは不釣り合いなほど、その肢体は肉感的だ。

神聖なセレモニースーツのユニフォーム越しに、はちきれんばかりのムチムチ感をアピールしている。

(ああ……義姉さん)

彼女をぼんやりと見つめてしまい、浮き立つ気持ちをコントロールできない。

兄が急逝したのが年明け早々のこと。

亮二があわてて実家に戻り、家業を継いだのがそれから二か月後の三月終わり――だからもう半年も経っている。

それなのに、いつも兄嫁は今のように、亮二をそわそわと落ちつかなくさせた。

それでもなんとか仕事になっているのは、亮二もまた、他県で修業を積んできた葬儀業のプロだからだ。

「ま、誠に……ありがとう存じます。ううっ……母さん、母さん……」

ついに年若い喪主は、その場にくずおれた。

さすがに会場がざわつき、もらい泣きの声も同時に高まる。

控えていた亜由美が、鼻をすすりながら喪主に近づいた。膝をつき、青年の背中をさすって何ごとか語りかけている。

「うー。うー」

哀切な喪主の嗚咽《おえつ》が、式場後方に立つ亮二のところにまでしっかりととどいた。

喪服の若者は亜由美の言葉に何度もうなずき、謝罪の言葉を口にして泣きながらもう一度その場に立つ。

（あ……）

ホッとしたように会釈をし、兄嫁は喪主のそばを離れた。そんな彼女が、ちらっとこちらに視線を向けてくる。

亮二はせつない感情を押し殺し、仕事モードで小さくうなずいた。

美しい兄嫁は、亮二にかすかなアイコンタクトを返し、ふたたび進行役の立ち位置に戻った……。

亮二は今年、二十八歳。

大学を卒業後、首都圏の巨大セレモニーセンターに就職し、以来六年間、必死に修業を積んできた。

葬儀の仕事は、稲田家代々の家業。

現在は会長にしりぞいている父が六代目で、兄の優一《ゆういち》は七代目社長として、「稲田葬祭」あらため「稲田セレモニーセンター」を、地元N県X市で、副社長の兄嫁・亜由美とともに営んでいた。

ちなみに会社は、パートスタッフも入れて従業員十名たらずの小所帯である。

父のあとは兄が継いだため、これで跡取り問題は一件落着。はっきり言って、亮二まで葬儀の仕事をこころざす必要はなかった。

だが亮二は、自ら希望して父や兄と同じ道を選んだ。

稲田家代々のなりわいである、この職業に誇りを持っていた。

「稲田セレモニーセンター」とは別にゆくゆくは、どこか別の土地で小さなセレモニーセンターを開業し、地元の人々と密着した葬祭業を営みたいと考えていた。

身体に流れる血は、父や兄と同じだった。

だが、そんな亮二のささやかな夢は、急転直下の展開で白紙になった。

交通事故のまきぞえを食い、あっけなく優一が命を落としてしまったのである。

享年三十八歳。ある冬のできごとだった。

――亮二を呼び戻せ。八代目社長は亮二。そして亜由美にはひきつづき、副社長として腕をふるってもらう。

悲しみにひたるいとまもなく、そんな新体制が決定された。

鶴の一声で事態を決したのは、実質的には引退をし、悠々自適の生活を送っていた父だった。

亜由美が新社長だってよいではないかと、亮二は意見をした。だが、亮二を社長にと進言したのは当の亜由美だったことを、彼はあとで知った。

兄嫁は稲田家から籍を抜き、長野の実家に戻ろうとすらしていたのである。

そして「稲田セレモニーセンター」は、亮二の父の必死の説得が功を奏し、亜由美には副社長としてとどまってもらう形で新たなスタートを切った。

それ以来、亮二は兄嫁との二人三脚で、なんとか兄に代わって社長業を務めてきた。

そんな彼が、実はひそかに美しい兄嫁を慕いつづけていることは、会長である父親ですら気づかない、亮二だけの秘密だった。

「お疲れさま、亮二さん」

「あっ、お疲れさま」

告別式が無事に終わり、遺族と会葬者たちが式場を後にする。スタッフが精進落《しょうじんお》としの会場へと参列客の案内をした。

ここX市では、火葬の前に精進落としのふるまいがある。家族やとりわけ縁の深い親族が火葬に出立する前に、宴席の場が設けられる。

緊張感から解放された亜由美と亮二は、小さな声で挨拶の言葉を交わし、ホールに出ていく黒ずくめの人々を見送る。

「恥ずかしい。私ったら、また泣いてしまって」

失敗したという後悔の顔つきで、ため息交じりに亜由美が言った。凛《りん》とした瞳には、まだ涙の名残がある。

――そういう義姉さんが好きなんだよ。

ついそう言ってしまいそうになり、亮二はあわてて口をつぐんだ。

以前からもらい泣きをしやすかったという兄嫁。

だがそんな亜由美の傾向は、今年の冬、自らに起きた不幸のせいで、さらに激しいものになってしまった気もしている。

「どうしたら冷静でいられるのかしら」

「そんな……いいじゃない、人間くさくて」

途方にくれた様子で言われ、亮二は本音を口にした。

「人間くさいって言われても……あの人に怒られてしまうわ」

しかし、兄嫁は複雑そうだ。困ったような笑顔で口もとをゆがめ、天をあおいでもう一度ため息をつく。

「あの」

そんな二人に、喪服の老婆が声をかけた。

「すみません。お手洗いどこかしら」

「あっ、こちらです。どうぞ」

亜由美はすぐにビジネス用の笑顔になった。たおやかな笑みとともに老婆をエスコートし、式場から出ていこうとする。

亮二とアイコンタクトをかわした。

老婆の案内を終えたら、自分も精進落としの会場に向かうからと言っているのが、いつもながらの呼吸で分かる。

亮二はそんな兄嫁にビジネスモードでうなずきながら――。

（おおお……）

たまらず心中でうめいた。

不謹慎であることは百も承知。

名誉のために言っておくなら、半年前まで勤めていた首都圏の職場では、勤務中にこんな浮ついた気持ちになったことは、ただの一度もない。

それなのに、やはり気持ちを抑えられなかった。

自分のもののはずなのに、二つの目玉を制御できない。

亮二の粘つく視線は、亜由美の胸もとへと吸着してしまう。

ホワイトシャツと黒いスーツの胸もとを、たわわなふくらみが窮屈そうに押しあげていた。

はちきれんばかりという言いかたがふさわしい、圧巻の盛りあがり。

サイズ違いの服を着ているわけではないのに、胸のあたりだけはギチギチ感がはんぱではない。

しかも――。

（ああ。またあんなに揺れて）

その眺めをたしかめるなり、じゅわんと股間がうずいた。口の中いっぱいに唾液が湧く。

どうぞというように前方に手を伸ばし、にこやかに老婆を振り返りながら亜由美は先に立って歩いた。

そんな兄嫁の胸もとで、豊満なおっぱいがゆさゆさと揺れ、シャツとジャケットを押しかえす。

亮二の淫らな目測では、Ｇカップ、九十五センチ程度は間違いなくある巨乳。こんなに揺れなくてもいいではないかと泣き言の一つも言いたくなる。

その上――。

（やめろ、俺。もうやめろって）

鬱屈《うっくつ》した視線は乳房だけでなく、今度は兄嫁の臀部にもそそがれた。漆黒のパンタロンの尻部分も、パツンパツンに盛りあがっている。

やわらかそうな尻肉のフォルムが生々しいまでにくっきりとしていた。白桃を思いださせるその形に、亮二はつい熱視線を浴びせかける。

圧巻の迫力を持つ臀肉が、プリッ、プリッと左右に揺れた。

亮二は股間をうずかせながら、いやらしく動く豊満臀部をほの暗い思いで追いかけ、やがて――。

「はあ……」

亜由美と老婆が視界から消えると、思わずうなだれ、大きく息を吐く。

(なにをやっているんだ、ばか……)

仕事中だぞと、亮二は自分のおろかさに情けなさを感じた。

大事な人を失って涙を流す人々がすぐそこにいる。それなのに、プロの葬儀屋が兄嫁のおっぱいやヒップの艶《なま》めかしさに心を奪われていてどうするというのだ。

「まだまだ修行が足りないな……」

「亮ちゃん」

自己嫌悪におちいりつつ、つぶやいたときだった。うしろめたい気分とは相いれない、鈴を転がすような声が背後からひびく。

そちらを振り向いた。

周囲の目もあり笑顔はひかえめだったが、そこには人なつっこい笑みを漏らすキュートな女性が立っていた。

絹川麻央《きぬがわまお》、二十六歳。

小さいころから顔見知りの、いわゆる幼なじみである。

地元では有名な生花店の跡取り娘。

絹川家は稲田家と長い付き合いで、通夜や葬式・告別式の供花、葬儀花、スタンド花などを納入してくれている。

「どうしたの、なにかあった？」

よほどさえない顔でもしていたらしい。心配そうに問いかけてくる幼なじみの表情で、鏡を見ている気分になった。

「いや、別に」

亮二はあわててかぶりを振る。場所柄破顔もできず、ちょっとだけ口角をつり上げ、なんでもないと強調した。

「今晩のお通夜、お花の納品終わりましたから」

麻央は小声で報告した。

こうした場所でもなかったら、もっと陽気で屈託なく笑う女性である。

性格もさばさばとしていた。

それなのに、こんなしめやかな場所で相対すると、不思議にしっとりとした艶《つや》が増すから、女性というのは不思議である。

セレモニーセンターのスタッフと間違えられてもおかしくない、黒を基調としたシックな装いでやってくるため、よけいにしっとり感は濃厚だ。

「ありがとう。忙しいの？」

亮二は麻央を気づかった。曾祖父の代からつづく生花店のひとり娘。短大を卒業するなり、家業を継いだ。

モデルのようにすらりとした、華奢《きやしや》な肢体のクールビューティ。

色とりどりの花に囲まれ、てきぱきと仕事をするその姿は、いつしか麻央が一人前のプロになっていたことを感じさせてくれる。

「おかげさまで。貧乏ひまなしってやつ」

「そう。大変だな」

「亮ちゃんこそ、ちょっとやつれたんじゃない」

麻央は小声で返事をし、柳眉《りゆうび》を八の字にして亮二を見た。

「えっ。そうかな」

亮二は思わず頬を撫でる。

「ちゃんと食べてるの？」

「食べてる食べてる。大丈夫だって」

麻央の問いに、苦笑をして答えた。

麻央はそんな亮二をなおも心配そうに見て——。

「いきなり環境が変わってたいへんだと思うけど、うちも精いっぱい協力させてもらうからさ」

胸に手を置き、早口でささやく。

卵形の小顔は、亜由美と同様、色の白さを見せつけている。アーモンドのような形をした美麗な双眸《そうぼう》が、絶妙なバランスでつり上がり気味に配されている。すらりと鼻筋がとおり、いかにも「いい女」的な顔立ちだ。

髪型は、肩までかかるアッシュブラウンのセミロング。

美貌から受ける印象は高慢そうにも思えるが、実際には女性らしいやさしさがたっぷりの二十六歳。言いよる男は引きもきらないようだが、「私、理想が高いから」と歯牙にもかけずに家業優先の毎日を送っていた。

「うん、ありがとう。じゃあ俺——」

「分かってる。頑張ってね」

亮二は遅ればせながら、精進落としの会場に向かおうとする。麻央は亮二に小さく手を振り、ひかえめな笑顔で見送った。

「ふう……」

小さくなっていく亮二の背中を見送り、麻央は小さくため息をついた。

心にかかるなにかに翻弄《ほんろう》されるかのような複雑な顔つきのまま、その場に立ちつくす。

亮二には、決して見せない表情だった。

見られてはいけない表情でもあった。

「さてと——」

思いを振りきるかのようにひとこと言うと、麻央はくるりときびすを返す。

パンプスの音をひびかせて、彼女も式場をあとにした。

2

「どう。お仕事にはもう慣れて?」

鼓膜を妖《あや》しく舐《な》めるかのような、色っぽい声。

その人は、自ら淹《い》れたアイスティのグラスを、ローテーブルにそっと置く。

石橋《いしばし》響子《きようこ》、三十九歳。

こんな仕事でもしていなければ、終生縁などないであろう、別世界に住むゴージャスな未亡人だ。

「は、はい。ようやくなんとか慣れてきました。あっ、どうぞおかまいなく」

「ウフフ。なにもしていなくてよ」

艶やかに微笑み、二人分のアイスティとモンブランを用意する。トレイを片《かた》すと優雅な足取りで一人掛けソファに腰を下ろした。

地元X市で大手スーパーチェーンやホテル業などを展開する名士一族、石橋家の邸宅。市街が一望のもとに見渡せる小高い山の中腹に立つ豪邸は、堅牢な要塞を思わせる瀟洒《しょうしゃ》な造りである。

広々とした屋敷は、南欧風。

いったいどれだけの数の部屋があるのか想像もつかないが、とおされたリビングルームはテニスコートほどの広さがあった。

吹き抜けの天井ははるか真上にあり、きらびやかなシャンデリアが高貴な輝きをはなっている。

(こんな豪邸にひとり暮らしとはな)

未亡人とあたりさわりのない雑談をしながら、モンブランを食べ、アールグレイらしきアイスティで喉を湿らせる。

午後がはじまってほどない戸外は、蒸し風呂さながらの暑さだが、室内はほどよく空調が効き、自然に汗も引いていた。

白を基調にしたリビングは、高価そうなソファセットもホワイトなら、調度品の数々もシックな同色で統一され、文字どおり塵《ちり》ひとつ見当たらない。かよいの家政婦を何人も雇っているという話だったが、たしかに一人で切り盛りするには、豪邸はあまりにも巨大に思えた。

仕事柄、石橋家と稲田家の付き合いは長い。はっきり言って、ここまで巨大化した名士の家と稲田家ではつりあいがとれなくなっていたが、曾祖父の代からの仲ということもあり、葬儀については稲田セレモニーセンターが、今でもいっさいを任されていた。

自前の式場では仕切れないとなれば、キャパ的に見合った葬儀場を借りて、石橋家関連の葬儀をすることもあった。

それほどまでに関係の深い両家だった。そして今は、響子がその石橋家の当主。養子で石橋家に入り、グループの事業を統括してきた夫が病気で死んでからは、響子自らが、石橋家のビジネスを一手に仕切ってコントロールしていた。

「それで、奥様」

間合いを見計らい、本題に入ろうとした。持参したバッグから、資料一式の入った封筒を取りだす。

「ご主人様の七回忌法要の件なのですが」

この豪邸にやってきたのは、二週間後に近づいた法事の打ち合わせのためだった。

連結従業員数約一五〇〇人。

そんなグループ企業のトップに君臨するオーナー一族の法要なため、七回忌といってもかなりの規模である。

「ああ、そうだったわね」

斜め前のソファに座った響子は、優雅な挙措《きょそ》でアイスティを飲んでいた。背もたれに体重をあずける、リラックスした雰囲気。脚を組んでストローを口にするその姿は、いかにも大物然としている。

来年四十路《よそじ》を迎える響子はその年齢のせいもあり、亜由美以上にむせ返るような熟女感を放っていた。

めったに嗅いだことのない、高級そうなフレグランスの芳香も相まって、気圧《けお》される心地になる。

垂れ目がちの美貌は、癒やし系とも言える男好きのするものだ。

鼻のまるみが愛らしく、ぽってりと肉厚な朱唇には、ふるいつきたくなるような色っぽさがある。

そうした、これからいよいよ爛熟の時期へと向かおうとしている美貌を、明るい栗色の髪がセクシーにいろどっていた。

艶めかしいウェーブを描く髪の先は、肩甲骨《けんこうこつ》のあたりで波打っている。

ノースリーブのワンピースから、丸い肩と腕が惜しげもなく露出していた。膝丈のスカート部分の裾《すそ》からは、もっちり感満点の脚が伸び、ふわふわとした感じのスリッパに吸いこまれている。

この未亡人もまた、目のやり場に困るような巨乳熟女だった。

白地に花柄をあしらった、エレガントなワンピースの胸もとを二つのふくらみが窮屈そうに押しあげている。

見事なおっぱいのボリュームにうろたえ、亮二は小さく咳払いをした。

「ということで、さっそくなんですが、奥様。先日、お電話でうかがった内容をまとめてまいりまして——」

「ねえ、社長」

ビジネスモードで話を進めようとする亮二を、ゆったりとしたトーンで響子がさえぎった。

「はい」

封筒から書類を取りだそうとした亮二は、顔をあげ、動きを止めて彼女を見る。

しかし響子は、相変わらずのマイペースだ。

落ち着きに満ちた、品のいい挙措で紅茶を飲む。グラスの中のアイスキューブが涼しげな音でカランと鳴る。

「……………」

呼ばれた以上、言葉のつづきを待つしかなかった。亮二は背すじを伸ばし、封筒を手にしたまま響子を見る。

だが響子はなにも言おうとしない。

かすかな笑みを口もとに浮かべたままだ。亮二を呼んだことなど忘れてしまったかのように、悠然とお茶を飲みつづける。

カラン。

グラスの中で、またも氷が鳴った。

不自然なまでに長い間に耐えかね、亮二は話を進めようとする。

「あの、奥様――」

「前の社長はね」

するとゝ響子はようやく次の言葉を口にした。

「前の社長……つまりあなたのお兄さんは、こんな言い方は適切じゃないかもしれないけど、とっても商売上手だった」

「は、はあ……」

言葉の真意がつかめず、亮二はあいまいに返事をし、会釈をする。

父親から跡継ぎとしての帝王学をさずかった長男なのだ。ほとんどゼロから知識と経験を積みかさねて成長してきた自分などでは、逆立ちしてもかなわないものもあるだろう。

(って言うか、俺、なにかしでかしたか)

ひんやりとしたものが背すじを駆けぬけた。

響子との商談はまだ端緒についたばかり。だがひょっとして、早くもなにかやらかしてしまったか。

そのことを、この未亡人は遠回しに伝えようとしているのか。

「うん、商売上手だったわよ。私、なんだかんだ言いながら、すべてこの人に任せようって思ってしまったもの」

「そうでしたか」

「ええ。身も心もね」

「はい……えっ？」

引っかかる言葉を耳にして、亮二はきょとんとする。

（身も心もって言ったか？）

思わず眉をひそめかけた。

この人に任せようって思ってしまった、というのは分かる。だが、身も心とはどういう意味だ。法事を仕切る葬儀屋に、遺族が身も心も任せるなんて、文脈的に腑《ふ》に落ちない。

「お、奥様」

「響子さんでいいわよ。堅苦しい」

響子が歌うように言った。ローテーブルにグラスを置き、一人掛けのソファから立ちあがる。

ぐるりとローテーブルを回った。どこへ行くつもりかといぶかったが――。

（ええっ？）

こちらに来る。亮二をじっと見ていた。

こちらに来ても行き止まりのはずなのに、響子は色っぽい笑みを浮かべて近づいてくる。本当に近づく。近づきすぎる。

「あ、あの。えっ、奥様――」

「だから、響子さんでいいって言ってるでしょ」

亮二が腰を下ろしているのは、高価そうな二人掛けのソファだった。響子は場所を空けなさいとでも言うように、隣に座ろうとする。

亮二はあわてて尻を移動させた。柔和な垂れ目の未亡人は、色っぽい挙措ですっと隣に腰を下ろす。

「えっ、えと……奥さ――」

「お兄さんから聞いてなくて？」

「はっ⁉」

仕事で近づいてよい距離ではなかった。

その気になれば、肩と肩とがすぐにでも密着するような近さ。セクシーに問いかける三十九歳の未亡人の、吐息のぬくみさえ鼻面《はなづら》にとどく。

亮二は自然にのけぞった。

「あっ、兄から、ですか」

「そう。お兄さんから」

「えっと、兄から、なにを――えっ」

うろたえる亮二に、響子は意味深長な含み笑いをする。

白魚《しらうお》の指を伸ばし、亮二から封筒をとった。ローテーブルに音もなく置き、さらに尻をずらして近よってくる。

「わわっ。奥さ――むんぅっ」

仰天した亮二の言葉は、くぐもったうめきに変わった。身を乗りだした未亡人に唇を強奪されたのだ。

「んんむぅ、ちょ、奥さ――」

「響子さんだって何度言えば気がすむの。んっんっ……あン、いやん、エッチ……」

「んんんぅ⁉」

ぽってりとやわらかな唇をグイグイと押しつけられながらである。亮二は響子に手をとられ、とんでもない場所へとみちびかれる。

五本の指が、とろけるようにやわらかなものに埋まった。

乳房である。

こともあろうに未亡人は、出入りの葬儀屋の片手を自らのおっぱいへといざなったのだ。

「お、奥……響子さん。むんぅ……」

「あン、エッチ。ほんとにスケベなんだから……」

「いや、あの」

「ほら揉んで。揉みなさいって言ってるの」

「んああ……」

チュッチュと亮二に口づけながら、響子ははしたないおねだりをする。思ってもみなかった展開に、文字どおり亮二は目を白黒させる。

「響子さん。これは」

「早く揉みなさい。ちょっとあなた、揉みたくないの？」

「ああ……」

……もにゅもにゅ。

「ハアァアン、いやん、ばか」

ばかと言われても答えに窮した。

そもそも揉めと命じてきたのは響子である。しかもねちっこくキスをしながら。

いくら立場の違いはあれ、亮二だって男である。こんな色仕掛けをされてしまったら、こばむのはそうたやすくない。

（て言うか……や、やわらかい！　ああ、どうしよう。俺——）

「んおお、響子さん……」

……もにゅもにゅ。ぐにぐに。もにゅ。

「アハアァン。いやン、社長ったら、ほんとにスケベなんだから。あっあっあっ。んっんっ……」

……ちゅぱちゅぱ。ねろん。ちゅぶ。

響子は鼻にかかった声をあげ、ソファの上で艶めかしく尻をもじつかせた。

自分で仕掛けておきながら、あくまでも亮二がいやらしいから、こんなことになっているということにしたいらしい。

いやらしい男かどうかと聞かれたら、胸を張って違うと言える人間ではない。

しかしこの流れは、どう考えても自分に非はない。求めてきたのは、色っぽい未亡人のほうである。

3

「響子さん」

「いいからつづけて」

一気に淫らな気持ちになってしまっていた。

だがそれでも、やはり理性が邪魔をする。説明を求めようと熟女を呼ぶと、響子は口調を変え、哀訴するようにささやいた。

「――っ。あの……」

「お願い。恥をかかせないで。お兄さんはしてくれたわ。さびしい私を慰めてくれた。四十九日のときも、一周忌のときだって三回忌だって」

「えっ、ええっ？」

なんだってと、亮二は耳を疑う。

してくれたとは、今自分がこの人とはじめようとしているようなことを、ということか。

いや、待て兄貴。

あんた、この人とコソコソと内緒でこんなことをしていたのか。

(冗談だろう。義姉さんに黙って？)

「んああ、響子、さん。んっんっ……」

「いやン、スケベな社長。お兄さんもスケベだったけど、あなたもやっぱり、むはぁあ……」

「んおお……」

……ピチャピチャ。ピチャピチャ、れろん。

とうとう二人の接吻は、口を吸いあうライトなものからベロチューへとエスカレートした。

頭はまだお混乱していたが、強引に着火させられた欲望が、股間の奥からムクムクと、獰猛《どうもう》さを増して肥大する。

(なんてエロい顔)

亮二は薄目を開けた。

舌と舌とを戯《たわむ》れあわせる眼前の未亡人を盗み見る。

響子と会ったのは、今日で三度目か四度目だ。

亡兄の葬儀に、新社長就任時のあわただしい挨拶。あとは街中で偶然一度、バッタリと出会ってほんの短時間、雑談をした程度である。

それぐらいの付き合いでしかない自分が、まさかこんな昼日中から、未亡人の自宅でベロチューをしているとは。

(兄貴、あんたって人は、いったいなにをしていたんだ——)

驚きあきれる気持ちはあるものの、牡《おす》としての本能が、次第にまがまがしさを帯びてくる。

「ハァアン、社長……んっんっ……やめて、わ、私は……今でもあの人のことを……あぁ、それなのに、こんな……んっんっ……」

響子はいやいやと涙目になってかぶりを振る。野獣と化した葬儀屋の、欲望の犠牲者となる未亡人の役割を嬉々として演じる。

いやがる立場のはずなのに、その顔はとろんと弛緩《しかん》していた。細めた両目が艶めかしく潤み、焦点もおぼろげになっている。

思いきり舌を飛びださせようとするせいで、人相が一変していた。

鼻の下の皮に皺《しわ》が寄り、鼻腔が縦長に伸びている。左右の頰がえぐれるようにくぼみ、濃い影ができていた。

上品な雰囲気からは想像もつかないいやらしさ。伸びた鼻腔がひくついて、生温かな鼻息を亮二の鼻面に浴びせかける。

(あぁっ、ち×ぽがうずく)

舌と舌との戯れあいは、たちまち股間も急襲した。ざらつく舌が擦《こす》れあうたび、キュンとペニスがうずいて蠢《うごめ》く。

背すじを鳥肌が駆けあがる。こともあろうに仕事の商談の席で肉棒がエレクトをはじめだす。

（やばい。やばいやばい。このままだと本当に俺――）

「むはぁ……ああ、いやらしい」

「わあぁっ」

亮二は飛びあがりそうになった。

いきなり響子の指が股間に伸びる。許しも得ずにスラックス越しに、亮二の陰部を鷲《わし》づかみにする。

「響子さん」

「いやらしいわ、社長ったら。なにをするつもり。未亡人の私になにを」

「いや、なにをって、あああ……」

ひどいわひどいわとなじりでもするように、潤んだ瞳で響子は亮二を見た。問いつめる雰囲気でさらに身を乗りだしもする。

それなのに、白魚の指はしっかりとペニスと金玉を握っていた。

ニギニギと緩急をつけて揉みほぐし、得も言われぬ甘美な刺激をさざ波のように注いでくる。

「うわっ。響子さん。あああ……」

「いやン、どんどん大きくなってる。なにをするつもり。ああ、誰か。誰かああ」

ちょっと待ってくれ。

誰かと助けを求めたいのは、正直言ってこちらである。

未亡人が言っていることとやっていることの整合性は、まったくとれていない。無実の被害者をよそおいながら、積極果敢に攻めこんできて、この場の卑猥さをエスカレートさせていく。

「ああ、社長。許して。興奮しないで」

「いや、興奮しないでって、響子さ——ああああ」

文句を言ったらいいのか、このまま欲望に押し流されたらいいのか分からなくなってきた。

響子は亮二のベルトをゆるめる。

スラックスのファスナーを下ろし、ボタンをはずすと「誰か助けて。いやぁぁン」と言いながら、中身のボクサーパンツごと一気呵成《いっきかせい》にずり下ろす。

——ブルルルンッ！

「まあ……」

「うう、響子さん……」

中から飛びだしたのは、半勃《はんだ》ち——いや、すでに七分勃ち程度にまで勃起したどす黒い男根だ。

響子はそれを目にしたとたん、驚いたように両目を見開く。

まさかこの人に見られる日が来ようとは夢にも思わなかった。だがじつは、亮二は巨根の持ち主だ。

見た目のスマートさも聡明さも運動神経も、なにからなにまでよいところは、全部兄にとられていた。

だが自分の記憶に間違いがないのなら、ペニスの太さと大きさだけは、確実に兄に勝っている。

完全な戦闘状態になったなら、十五センチか十六センチは優にあった。

その上、見た目もワイルドでゴツゴツと無骨、しかも野太い。

たった今掘りだしたばかりのサツマイモのように、土臭さあふれる野性味をこれでもかとばかりにアピールしている。

「ひ、ひどい人。いくら私が魅力的だからって、おち×ぽをもうこんなにして」

「ひー」

よく考えたら先ほどから「うわあ」だの「わわっ」だの「ひー」だのと、亮二は間抜けな悲鳴ばかりあげていた。

だがすべすべとして温かな指に、突然肉棒をつかまれたら、誰だってこうなると亮二は思う。

「あ、あの。あのあの。えっと──」

「いやらしいわ。こんなに大きいおち×ぽをして」

「あああ……」

「ひどい人。ひどい人。いやン、おち×ぽ、お魚みたいにピクピクしてる」

……しこしこ。しこしこ、しこ。

「おおお……」

発情しはじめた極太を、巧みなしごきかたであやされては、ひとたまりもなかった。

さすがは四十路手前の熟女と言わざるを得ない練達のテクニック。

響子は絶妙のしごきかたで太い棹《さお》を刺激しながら、時々指の輪を大きくし、カリ首もシュッシュと擦り立てる。

(気持ちいい)

とまどいより快感が上回りはじめていた。いけないい快《こころよ》さに我を忘れ、天をあおいで吐息をこぼす。

挑発された牡茎は、絶え間なくジンジンと甘酸っぱくうずいた。

棹はたちまち胴回りの太さを増し、亀頭もいちだんと赤黒くなって、ぶわりと凶悪に肥大する。

勃起してしまった。

それはもう臆面もなく。

勃起するということは、ペニスの感度が一気にあがるということ。そして同時に理性がなくなり、男は誰もがケダモノになる。

「あぁン、いやらしい社長。血は争えないわね、お兄さんと同じ。はぁはぁ……おち×ぽは、弟さんのほうがちょっとすごいかもだけど」

見る見る完全に反りかえる見事な一物《いちもつ》に、響子もさらに興奮していく。

どうしても見てしまうとでも言うように、潤んだ瞳はしごきながら亮二の怒張を凝視する。

「はぁはぁ……いやらしいわ。いやらしい。はぁはぁはぁ……」

「響子、さん。ああ……」

ますます吐息が荒くなるばかりで、湯気でも出るかと思うほど、熱っぽさがねっとりとくわわる。

「いやン、でも匂いはお兄さんと同じ……すんすん……」

猥褻《わいせつ》な手つきでペニスをしごきながら、思わず響子は目を閉じた。たまらず肉棒に顔を近づけたのは、間違いなく本能だ。

さらに激しく手コキをしながら、感無量の面持ちで勃起の匂いを嗅ぐ。

従業員一五〇〇人に君臨する才媛君主とも思えない、品のないふるまい。亮二はとうとう我を忘れ、またしても怒張を甘酸っぱくうずかせる。

「くぅ、響子さん……」

「アン、いい匂い……じゃなかった、いやらしい匂い。許して。私はそんなつもりじゃ……いくら私が、いい女だからって——」

「おおお、響子さん」

「きゃあああ」

もうだめだ。

はっきり言って限界である。攻守ところを変えるかのように、ついに亮二は反転攻勢に出た。

どう考えても、していいはずもないことをしている。それなのに、もはや歯止めはきかなかった。理性のたがが見事にはずれ、完全にケダモノになる。

「あああ、社長。なにをするの。いやああ」

いいわよいいわよそのまま来なさいとあおる、彼女の心の声が聞こえた気がした。

言われなくても、もう行くところまで行くしかない。

しびれた頭で亮二は思う。

「アァアン」

ソファから立ちあがるや、むちむち女体を裏返した。あばれる響子に有無を言わせず、こちらに尻を突きださせる。

「なにをするの。無礼者。やめて。やめなさい。あああ」

口では亮二をののしりながら、響子は背もたれに上体をあずけた。

プリプリと振りたくられる見事な尻は、一応いやがって暴れさせているつもりなのだろう。だが、うれしさに沸き立っているように見えるのも、決して身勝手な妄想ではない。

「うう、もうだめです。あなたの望むひどい人になってあげますよ！」

とうとう亮二は宣言した。

両手を伸ばし、スカートのすそに指をかける。問答無用の豪快さで、腰の上までたくしあげる。

「いやァァン」

「おおお、エロい!」

エレガントなワンピースの裾をくびれた腰のあたりまでめくり返らせた。

中から露わになったのは、思わず息づまる気分になる、完熟桃さながらの大きなヒップだ。

ちょっとばかり旬をすぎたかと思うような、熟し切った水蜜桃。甘い匂いを放つそれが、ベージュのパンティを食いこませて眼前にあった。

そこまで計算してはいなかったろうが、激しい動きの連続のせいで、パンティの片側の生地がよれ、一方だけTバックのようになっている。

4

「おお、いやらしいケツ」

「キャヒイィン」

たまらず亮二は片手を伸ばした。

エロチックにふるえていた尻肉が、浅黒い指につかまれて苦もなくひしゃげる。指と指の間から、くびり出された白い肉が肉皮を突っぱらせて飛びだしてくる。

ベージュのパンティは、色は地味だがまったく安っぽく見えなかった。おそらくどこぞのブランドもので、高価なシルク素材だろう。

ゴムの部分が尻に食いこみ、あまった肉を盛りあがらせている。

全体的に窮屈そうで、下着全体が吸いつくように尻に貼りついていた。よれた布がカサカサと乾いた音を立てている。

「たまらないですよ、響子さん。あなたこそ、こんなにエロいケツをして」

……もにゅもにゅ。

「ンヒイイィ」

……もにゅもにゅ、もにゅ。

「アァン、やめて……私は今でも亡き主人を……いや。いやいや。いやあン」

まだ片手で尻を揉んでいるだけなのに、響子はうれしそうに――いや、せつなさたっぷりに尻を振って未亡人の悲しみを訴えた。

困るの困るのとでも言うように絶え間なく髪を振りみだし、亮二の蛮行《ばんこう》をなじるかのように、ソファの上で身悶える。

（逃げだそうと思えばいくらでも逃げだせるのに）

被害者演技を嬉々としてつづける未亡人に、苦笑とともに嗜虐心《しぎゃくしん》が増してくる。

こうなったらとことん俺もやってやると思った。

「あぁン、社長。やめなさい。私はあなたに抱かれるような安い女じゃ――」

「じゃあこれはなんですか」

必死な響子に興が乗り、こちらも演技に拍車がかかった。

そんなに演じてほしいなら、未亡人の操《みさお》を奪う極悪な男をしっかり演じてやるとしよう。

亮二は両目を見開いて、つかんだ尻の横を見る。

当たりをつけて指を伸ばし、クリトリスのあたりをワレメもろとも、スリッとといやらしく擦過する。

「あああああ」

不意打ち同然の一撃に、未亡人はあっけなく吹っ飛んだ。ソファの背もたれに身を投げだし、両脚を無防備に伸ばしてふるわせる。

「なんですか、この感じかたは。心に亡くなった旦那さんがいるわりには、ずいぶん敏感になっていませんか」

「あぁ、いや。脱がさないで。やめなさい。あああ……」

力の抜けた響子は、思うように身体を動かせなかった。そんな未亡人を言葉でなぶりつつ、亮二は両手をパンティに伸ばす。

縁の部分に引っかけた。一気にズルズルと尻から剝《む》く。丸まったパンティが太腿《ふともも》に降り、腿から膝、膝からふくらはぎへと、あっという間に位置を変える。

「あん、だめえ。なにをするの、社長……」

「はぁはぁ……なにって、響子さんがあまりにもいやらしい未亡人だからですよ。そらっ……」

「んはあぁぁ……」

パンティを脱がせると、ふたたび未亡人を四つんばいにさせた。

ぐったりしたまま力が戻らないらしい響子は、亮二にされるがまま、今度は丸だしのヒップと陰部を、彼に向かってググッと突きだす。

（くぅ、いやらしい……）

圧巻の迫力を持つ白い尻と、惜しげもなくさらされる恥部の眺めに、亮二はますます息苦しくなった。

つい両目を見開いて、魅惑のワレメに熱視線をそそぐ。

妖艶な牝《めす》の花は、すでに開花しきっていた。

二枚のビラビラが大陰唇から飛びだして、仲違《なかたが》いでもしているように右と左に分かれている。

ラビアはけっこう肉厚だ。

満開の百合《ゆり》の花さながらに花びらをめくり返らせて、女のもっとも恥ずかしい部分を亮二の視線にさらしている。

「な、なんですか、この濡れかたは」

思わず揶揄《やゆ》の言葉が出た。それほどまでに、熟女の淫肉はべっとりと早くも淫らに潤んでいる。

「アァン、社長」

「これですよ、これ」

……ニチャ。

「ンッヒイイィ」

浅黒い指を伸ばし、膣《ちつ》穴のとば口をそっと撫でた。穴からあふれた粘り汁が、牝園いっぱいにコーティングされている。

そろっと入口を撫でただけで、粘りに満ちた汁音をひびかせた。

いや、それだけではなく――。

「ハァァアン」

……ドロッ。ドロドロッ。

「おお、エロい。撫でただけなのに、マ×コ汁がこんなにあふれて」

熟女の膣の反応に、亮二はますます昂《たか》ぶった。

あえぐかのように蜜穴が、ヒクン、ヒクンと蠢動《しゅんどう》する。

絞りだされるようにして、煮こまれた蜜がとろとろと、小さな穴から泡立ちながらあふれだす。

柑橘《かんきつ》系の甘酸っぱいアロマにふわりと顔を撫でられた。それは生々しい湿り気も帯びている。

女体から沸き立つ芳香は、まさに媚薬だ。

鼻粘膜にじわり、じわりと染みこんで、勃起の硬さを二割増しほど、さらに雄々しいものにする。

「はぁあン、違うの。私、マ×コ汁なんて出してない。出してないィンン」

響子は媚《こ》びた声をあげ、プリプリとヒップを振りたくった。口では否定して見せながら、もっといじめてと求めているように思える。

「出してます。ドロドロの汁がマ×コの穴から出てきていますよ」

響子の背後で、挿入の態勢をととのえながら亮二は言った。

反りかえる極太をその手にとり、無理やり角度を変える。ふくらむ亀頭を膣穴に近づけ、ググッと先端で穴を押す。

「アァァ。汁出てない。出てないンン。いやあ。なにするの。まさか、おち×ぽを挿《い》れるつもりじゃ」

「その、まさかですよ。そおらあっ！」

……ヌプッ！

「あああぁ」

「うお。狭い……」

腰を押しだすと、亀頭が温かな胎肉に飛びこんだ。膣路はやはりねっとりと、十分な粘りに満ちている。

その上とても温かで、呼吸でもするように波打っている。飢えた男の本能が、さらに奥へと陰茎を埋めこまずにはいられなくなる。

「いや。挿れないで。おち×ぽ挿れちゃだめええ」

「くぅ、響子さん」

……ズブッ。ズブズブ、ズブッ！

「ンあぁっ」

「おお、気持ちいい」

……ヌプヌプッ。ズブズブ、ヌプッ！

「うあああ。ああ、ひどい人。だめって言ってるのに。あああああ」

響子のヒップを鷲づかみにし、バランスを取りながら腰を進めた。

未亡人の膣は、意外に狭隘《きょうあい》だ。それでも蜜が豊富なせいで、猛《たけ》る男根はズブズブと快適に奥まで埋まっていく。

「響子さん。すごく締まる。なんですか、このエロいマ×コ肉」

思わず亮二は、尻をつかむ指に力を入れた。指と指の間から、くびり出された白い肉がふにゅりとせりだして肉皮を突っぱらせる。

ペニスを締めつける膣圧は、極悪と言ってもいいほどだ。

その上いやらしく蠕動《ぜんどう》し、緩急をつけたプレスのしかたで、うずく男根を締めつけ、解放し、また締めつける。

「し、締めつけてない。私はそんな、いやらしい女じゃ――」

「じゃあなんですか、このエロマ×コは」

──パッシィイン！

「あああああ」

どこまでも哀れな女をきどる未亡人に、いよいよ亮二の嗜虐心が暴走をはじめる。素早く腰を引くと、渾身《こんしん》の力で肉棒を膣奥深くまで抉《えぐ》りこんだ。

「ああン、すごい……すごく奥までおち×ぽがとどいて……き、気持ちいい……じゃなかった、ひどい人、ひどい人！」

「なんですって」

──パッシィイイン！

「ああああああ」

「ひどい人ですか、俺は。ねえ、これでも？」

──バシッ！　バッシィイイン！

「ヒイイイィ。ああ、抉ってる……感じるところをいっぱい、いっぱい……ひどい人……ひどい人オォ！」

おそらく亮二の鈴口は、熟女のポルチオ性感帯を容赦なくほじっているのだろう。

膣奥深くまで突きこむたび、響子は背筋をのけぞらせ、獣《けもの》の声をほとばしらせる。

天を仰《あお》いで歓喜にむせんだ。うっとりと美貌を弛緩させ、生きていることの悦《よろこ》びを、誰はばかることなく享受する。

「ひどいですか。じゃあ、やめましょうか」

被害者演技に陶酔する響子に、意地悪な気持ちになった。

しらけたふりをして力を抜き、響子の淫肉からゆっくりと極太を撤退させて、すべてを終わりにしようとする。

「いやああ。抜いちゃいや。抜いちゃだめえぇぇ」

案の定、響子はこちらを振り向いて、恥も外聞もなく哀訴した。それ見たことかと、亮二は笑いそうになる。

見開いた瞳は艶めかしく濡れている。悲しいのではない。これは明らかに歓喜の潤みだと、亮二はあらためて確信した。

「抜いちゃいや？　ひどい人のち×ぽなのに？　こうしてほしいの？」

――パアァアン！

「あああああ」

「こうなの？　ねえ、これがいいの？」

――パッシイィン！

「うあああ。いいの、いいの、これいいの。あああああ」

それまで以上の激しさで、ヒップに股間をたたきつける。

子宮に亀頭がずっぽりと埋まり、粘った餅を思わせる感触に、キュッと鈴口を包まれる。

（おおお……）

ゾクリと背すじを鳥肌が駆けあがった。

思わず暴発しそうになり、ググッと奥歯を噛《か》みしめれば、口の中いっぱいに甘酸っぱい大量の唾液があふれだす。

「響子さん。ひどい人のち×ぽなのにこうしてほしいの？」

――パッシィイイン！

「あああぁ。気持ちいい。奥、いいの。奥いいンンン！」

「ねえ、こうしてほしい⁉」

――パアアァン！

「あああぁ。し、してほしい。してほしいの。ねえ、もっとして。もっとしてぇ」

ポルチオを責められる卑猥な快さに、未亡人は我を忘れた。

思わず淫らなおねだりをし、誘うかのように尻を振っては、またしてもぬかるむ胎肉で、ムギュリ、ムギュリと肉棒を絞りこむ。

（んうぅ、こいつはたまらん！）

ワンピースの背中に手を伸ばし、ファスナーを背中まで下ろした。

「アァァン……」

「はぁはぁ。はぁはぁはぁ」

服としての用をなさなくなった薄い布を、もっちり女体からあわただしく脱がしていく。

――ブルルルンッ！

ベージュのブラジャーもむしりとれば、Hカップはありそうな見事なおっぱいがダイナミックに飛びだした。

「おお、響子さん！」

……バツン、バツン！

「うあああ。あああああ」

熟女を全裸にした亮二は、怒濤《どとう》の抜き差しを開始した。

彼女の尻に指を埋め、足を踏んばり、腰を落として、熱烈連打でとろける子宮を抉って、抉って、抉りたおす。

……ぐぢゅる。ぬぢゅる。ぐちょ。

「ンッヒイィ。ああ、とろけちゃう。とろけちゃうンン。ひどい人なのに感じちゃう。あなたのせいよ。あなたのせいよ」

「おお、響子さん。興奮する！」

「ハアァアン」

背後から身体を密着させ、両手を回して乳房をつかんだ。豊満な巨乳は、うっとりせざるを得ない温みと柔らかさにも富んでいる。

「あっあっあっ。ハァアン。あああああ」

カクカクと腰を振って膣ヒダに亀頭を擦りつけ、ねちっこく乳房を揉みしだく。鳶《とび》色の乳首は硬くしこり、指でスリスリと擦ってあやせば、ますます熟女は淫らに乱れ――。

「あああ。あああン、乳首も感じちゃう。おっぱいもいいの。感じちゃうンン」

上ずり気味の色っぽい声で、今感じている幸せを臆面もなく言葉にする。

「うう、響子さん」

「あなたがいけないの。社長がいけないのおおお」

「おおお、ゾクぞくする！」

訴える未亡人の裸身は、じっとりと汗の湿りを帯びていた。

そんな裸に胸を押しつけ、亮二はさらに乳を揉み、うずく亀頭を膣奥深くに何度も何度も抉りこむ。

「ハァァン。気持ちいいンン」

「はぁはぁ……響子さん！」

「こ、困ったわ、いけない女になっちゃうンン。あなた、ごめんなさい、ごめんなさいインン。でも、このち×ぽ気持ちいい。気持ちいいの。うあああぁ」

「はぁはぁはぁ」

性器と性器の擦りあいは、亮二と響子をとろとろに呆けさせた。

だが理性をなくし、獣になって快楽をむさぼるのがセックスの本分。こんなときにばかにならなければ、いったいいつなるというのだろう。

（最高だ）

亮二はしびれるほどの快感に酩酊《めいてい》する。

なによりも、亀頭を擦りつけるヒダヒダの、腰の抜けそうな気持ちよさがたまらなかった。

どうして女のとろけ肉は、こんなにも気持ちがいいのだろう。

愛なんてなくてもこれほどまでに快い。これで愛などあったなら、その快感はどれほどまでに強烈だろうと亮二は麻痺した頭で思い――。

（義姉さん）

つい脳裏に、いとしい兄嫁の笑顔をよみがえらせた。すると亀頭のいけない感度は、さらに五割増しにもなる。

「おお、響子さん。響子さん！」

――パンパンパンパン！　パンパンパンパン！

「ンッヒイィ。激しいの。激しい激しい。奥、気持ちいいンン。奥！　奥、奥、奥。うあああああ」

とうとう怒濤のピストンは、クライマックス直前の狂騒的なものになる。熟女の身体から上体を離し、ペニスの抜き差しに専念した。

狂ったように腰を振る。爆発寸前のペニスをヌポヌポと子宮に突きたてては、膣ヒダとカリ首を戯れあわせる。

キーンと耳鳴りがし、不穏にボリュームをあげはじめた。

陰嚢《いんのう》の中で睾丸が跳ね踊る。

押しよせる波さながらに、ザーメンがうなりをあげて金玉からペニスの中枢へとせり上がる。

（ああ、もうイク！）

「気持ちいい。気持ちいい。ああン、社長、もうだめえ。イッちゃう。イッちゃうイッちゃうイッちゃう。ああああああ」

「響子さん。出る……」

「うあああ。あっあああああっ！」

——どぴゅどぴゅ！　びゅるる！　どぴどぴどぴどぴ！

天空高く、突きぬけるかのようだった。

すべてが無になり、頭も視界も真っ白になる。

……ドクン、ドクン。

獰猛に脈打つペニスの音だけが、エコーとともにひびいた気がした。重力からすら解放されたかのような爽快感に酔いしれ、亮二はしばし恍惚《こうこつ》となる。

「ああ……すごい……すごいぃンン……」

「……あっ。響子さん」

亮二を我に返らせたのは、未亡人の艶めかしい声だった。

見れば全裸の美熟女は、ソファの背もたれにぐったりともたれ、ビクリ、ビクリと火照《ほて》った裸身を断続的に痙攣《けいれん》させる。

「入って……くる……社長の……おっきいち×ぽが射精した……ドロドロの……おち×ぽ、汁……あたた、かい……」

「響子さん……」

「ハァァアン……」

未亡人の表情はどこか朦朧《もうろう》とし、潤んだ瞳の焦点は、もはやまったくあっていなかった。

気づけば亮二の男根は、そんな響子の膣奥深く、ずっぽりと刺さりきっている。

(中出ししてしまった)

果たしてこれでよかったのかと、今さらのように青くなった。

だがもう遅い。

陰茎はなおもドクドクと、我が物顔で脈動する。そのたび大量の精液が、糸引く粘りを見せながら、響子の子宮をドロドロに穢《けが》す。

「ああ……すごい……こんなにいっぱい……入ってくる……」

「きょ、響子さん」

「お兄さんより、すごいかも。あああ……」

「えっ……」

響子はなおも裸身をふるわせ、うっとりとした面持ちで吐息をこぼした。

——お兄さんよりすごいかも。

人生で初めて耳にした言葉に、亮二は不意をつかれ、思わぬ喜びに酔いしれた。

第二章　幼なじみとの戯れ

1

内村《うちむら》家の三回忌法要は、しめやかにおこなわれていた。

僧侶の読経の声が、式場に朗々とひびく。

三回忌は、故人が逝去してから満二年目におこなう年忌法要。基本的には、祥月《しょうつき》命日に営まれる。

つまり二年目が三回忌。次の七回忌は六年目。十三回忌が十二年目。そして十七回忌、二十三回忌、二十七回忌、三十三回忌。

三十三回忌を一区切りとして「弔い上げ」とするのが一般的だが、それも宗派によって違っている。

三回忌法要は菩提寺《ぼだいじ》、あるいは自宅で僧侶に読経してもらうことが多いが、斎場でおこなうケースもある。

雑多な準備の手間が軽減され、食事の手配もラクにできることから、亮二たちのようなプロの施設を利用する遺族も少なくない。

内村家の三回忌法要は、参列者の数は決して多くなかった。

施主は、二年前に夫を交通事故で亡くした未亡人。

そして、彼女の亡夫の兄夫婦と、その小学生の息子。親戚だという初老の夫婦がひと組だけだ。

(きれいな人だな)

厳粛な儀式の進行役を務めながら、亮二はつい、ハンカチで涙を拭う洋装喪服の未亡人に見とれた。

内村梨沙《りさ》、三十二歳。

哀れを誘うはかなげなたたずまいは、おそらくこの人が未亡人だからというだけではない。

すらりとスレンダーな美女だった。モデルのように手脚が長く、スタイル抜群でもある。

そんな細身の肢体と、華《はな》やかな美貌がマッチしていた。

楚々とした美しさは、亜由美と似ている。

だが亜由美が和風の美貌だとしたら、梨沙の美貌はハーフのような洋風だった。

くりっと目が大きく、鼻筋も高い。肩まで届くダークブラウンの艶髪をアップにまとめ、色っぽいうなじを剝きだしにしていた。

どこか日本人離れしたビジュアル。

だが、かもしだす雰囲気は、やはり品のいい「日本の未亡人」そのものだ。

漆黒のフォーマルワンピースは袖《そで》の部分がうっすらと透けていた。

七分袖仕様で、透け見える未亡人の白い腕が、哀切さとともになんとも言えない官能美をアピールする。

胸にはブラックのコサージュがつけられていた。

(三回忌の今でも泣いてもらえるなんて、仏さんは幸せ者だな)

涙に濡れる未亡人に胸を痛めつつ、亮二は遺影の中の故人を見た。

容姿端麗な奥さんとつりあいのとれた、なかなかの美男子ぶり。まだ三十代の若さでこの世を去らなければならなかったなんて、神様はときに、我々人間に大きな試練をお与えになる。

（幸せに生きていってくれればいいな）

ハンカチで涙をぬぐい、鼻をすすって嗚咽する未亡人を見て、亮一は思った。式場には線香の煙が立ちこめ、さらに僧侶の読経の声がつづいた。


「いろいろとありがとうございました」

食事が一段落し、施主の梨沙がお開きの挨拶を行って法要は終了した。

参列者たちと別れを告げた梨沙が、亮二に近づいてきて挨拶をする。

「いえ、とんでもございません」

上品に頭を下げる梨沙に、こちらも折り目正しく挨拶を返す。

「お食事のほう、ちょうどよかった感じですね」

なにか言いたげな梨沙に話を振った。

食事の内容と金額を決定する際、悩んだ梨沙と何度かやりとりをして今日のメニューに落ちついた経緯があったため、そのことを話題にしたのである。

「あ……え、ええ。ほんとに。ありがとうございました」

「いえいえ。よかったです」

「……」

「……」

亮二に感謝をした梨沙は、なおもなにか話したげだ。

はて、なんだろうと首をかしげたくなる。無事に法要も終わったし、精算は後日、銀行振込ということで話はまとまっていた。

「……」

「あの、なにか……」

モジモジする梨沙に耐えきれず、こちらから問いかけた。

すると梨沙は、せわしなく周囲に視線を向ける。

会食室に、すでにほかに人影はなかった。この未亡人は、なにをこれほどまでに意識しているのだろう。

「あの……内村様――」

「……お兄さんから」

「……はっ？」

あたりをはばかるような小さな声で、恥ずかしそうに梨沙は言った。

思わず亮二は聞き返す。

今「お兄さんから」と言ったのか。お兄さん？　お兄さんとは、誰のお兄さんだ。

先ほどまで法要に参列していた彼女の義兄のことを言っているのか。

「えっと。お兄さんとおっしゃいますと――」

「お兄さんから……引き継いでいますか、あのことも」

「はっ？」

「…………」

「…………」

絞りだすかのような、苦渋に満ちた声だった。ありったけの勇気を振りしぼって口にした言葉にも思える。

見れば梨沙は、一気にその顔を紅潮させた。あまりの恥ずかしさに耐えかねて、こうしているのが苦痛でならないというような雰囲気をかもしだす。

（あっ）

亮二は声をあげそうになった。

――お兄さんから引き継いでいますか、あのことも。

（嘘だろう）

唖然として、羞恥に悶える未亡人を見る。脳裏によみがえるのは、ハレンチな獣と化してよがり泣いた資産家未亡人の響子である。

「ご、ごめんなさい。分からなければいいんです」

もうこれ以上はこうしていられないとばかりに、梨沙が声をふるわせた。

ぎくしゃくとした挙措で一礼すると、喪服のスカートをひるがえし、亮二の前を離れようとする。

「あ、あの」

駆け去りかけた梨沙の背中に声をかける。部屋から飛びだそうとした未亡人は、亮二の呼びかけに動きを止めた。

黒いパンティストッキングに包まれたふくらはぎが、キュッと締まってセクシーに筋肉を盛りあがらせた。

「うう……」

「あの、その、もしかして……」

首をすくめてうなだれる後ろ姿に、亮二は声をかけた。思わず緊張し、声が上ずって不様にふるえる。

「くぅ……」

「も、もしかして……その――」

――あなたもですか。

そう言いそうになり、あわてて言葉を呑みこんだ。たとえそうであったとしても、よけいなひと言以外の何ものでもない。

「ああ……」

梨沙は意を決したように、くるりとこちらに向き直った。だがやはり、亮二と視線を合わせられない。

だが亮二には分かった。この人もまた、誰にも言えない内緒の秘密を前社長と共有していた熟女なのだ。

「……そう、なんですね？」

たしかめるように、亮二は小声で聞いた。

覗きこむように表情を見ると、梨沙はますますあらぬほうに顔を向け、肉厚の朱唇を嚙みしめて真っ赤になる。

やはりそうかと亮二は思った。

呆然としながら洋装の喪服姿の未亡人を見る。梨沙は唇を嚙んで、恥ずかしそうにうなだれた。

(まいったな)

2

翌日。

亮二はとまどいながら、いつものように仕事に追われていた。

比較的大人数になる予定の、葬儀の準備を進めている。すでに式場には祭壇がととのい、参列者たちも時間とともに増えてきていた。

(まさか、あの未亡人まで兄貴とそんな仲だったなんて)

てきぱきと自分の作業をしながら――いや、しているふりをしながら、その実、亮二はかなり心を乱していた。

恥ずかしそうに告白をした三十二歳の未亡人を思いだすと、どうしても心の海にさざ波が立つ。

万が一にもこちらの勘違いなどであってはならないと、あのあと亮二は、顔を赤くする梨沙にしっかりとたしかめた。

案の定、彼の想像はまったくはずれていなかった。兄の優一は、なんと本葬のとき、四十九日のときと、未亡人と何度か関係を持っていたのだ……。

——法要のたび、私でよければいくらでも慰めてさしあげますよ。だからどうか、元気を出して前向きに。

よい人なんだか役得を満喫する悪人なんだかよく分からない立ち位置で、梨沙をこの世の天国へと、いざないつづけたのだという。

もちろんそれは響子と同様、妻の亜由美には内緒の裏仕事。

すでに響子と淫らな関係を持ってしまった亮二が言っても説得力はないが、いくらなんでもそれはないだろうと思うようなことを、亡兄はほかの未亡人とも、しっかりとやっていたのである。

(でも……)

兄のことをひどい男ではないかと思いながらも、断言しきれない自分がたしかにいた。

幸せそうに何度も「ありがとう」と礼を言ってくれた響子もそうだが、梨沙もまた「お兄さんがいてくれたから、あの人の後を追わずにすんだんです」と涙ながらに話してくれた。

(そう考えると……悪人とも言いきれないのか)

そんな風に、兄の行為を正当化しようとする亮二がいた。

もしかしたらもう自分も、兄の置き土産《みやげ》に片足を突っこんでしまっているからかもしれなかった。

だが、そんな引け目をわりびいたとしても、見目うるわしい未亡人たちが、「お兄さんがしてくれたようなこと」を新社長の亮二にも求めているのは間違いない。

(明日……梨沙さんの家に……)

彼女とのやりとりで、そんな約束がかわされていた。

明日の午後、誰にも内緒で、彼女の私宅をこっそりとたずねることになっていた。

(まいったな)

もう何度つぶやいたか分からないその言葉を、またも亮二は心中でつぶやく。

こんなことをしていていいのだろうか。

心にはしっかりと、想う人がいるというのに——。

「はあ……」

「亮ちゃん」

複雑な気分でため息をついたときだった。名前を呼ばれて振り返ると、幼なじみの絹川麻央がいる。

いつもながらの、斎場スタッフと変わらないような黒い服。人目を意識し、仕事モードの笑みである。

亮二もあわてて、笑顔を作った。

「お花のほう、終わりましたから」

「おう。ありがとう」

葬儀用の花を、今日もとどけてくれたのだ。亮二の部下であるセンターのスタッフと一緒に、飾りつけを終えたところのようである。

「相変わらず忙しそうね」

麻央は心配そうに笑顔を曇らせ、上目づかいに亮二を見た。

「うん？　まあ、重なるときは重なるからね」

亮二は自虐的に苦笑する。

たしかにこのところ、稲田セレモニーセンターは連日連夜、フル回転。満足に休みもとれないまま、スタッフが一丸となって働いていた。

だがそれは、しかたのないことだと割りきっている。

この地に生まれた稲田セレモニーセンターは、この地の人々とともにある。

「まあ、それはそうだけど、亜由美さんも、なんかつらそうだったから」

「……やっぱりそう思う？」

眉をひそめる麻央の言葉に、亮二はつい反応した。なぜなら自分もそう思っていたからだ。

もちろん亜由美は、スタッフや亮二には明るい笑顔、斎場を訪れる人々には真摯《しんし》な態度で、いつもと変わらず頑張っていた。

だがなんとなく、無理をしているように思える。それとなく本人に水を向けると、「全然平気よ。心配してくれてありがとう」と笑顔でけむに巻かれたが……。

亮二はそんな兄嫁に気にかかるものを感じながら、忙しさに翻弄され、せわしなく自分の仕事をしていたのだった。

「うん、思うよ。なんか、ちょっと無理をしている感じ」

亮二の問いに、麻央は小声で答えた。

「……だよな」

亮二は麻央と目を見交わし、やはりそうかとずしりと胸が重くなる。

「真面目な人だから、自分の仕事はしっかりやらなきゃって思っているのかもしれないけど……ねえ、なんだったら、一度ちゃんと亮ちゃんのほうから」

「ああ。そうだな。ありが――」

「社長」

麻央の意見に同意して、礼を言いかけたときだった。若い社員の一人が、青ざめた表情でこちらに駆けてくる。

「どうした」

なにかあったなと、すぐに分かった。

いやな予感にかられながら聞けば、案の定、若いスタッフは、亮二の耳もとに顔を近づけ――。

「あ、あの。副社長が……」

「――えっ」

亮二はギョッとして社員を見た。

麻央もフリーズして美貌を硬直させている。

「副社長がどうした？」

「こちらです」

動転する亮二に、声をひそめて社員は言った。先に立って走りだそうとする。

亮二は彼につづいた。

麻央も青ざめた顔つきで、二人のあとを追いはじめる。

いざなわれたのは、センターの一角にある導師控室。

十二帖ほどの和風の造りで、法要をつかさどる僧侶の着替えや休憩のために用意されている部屋だ。

「あっ」

「——っ。亜由美さん」

部屋に飛びこんだ亮二は思いがけない眺めに仰天した。麻央も驚いたように、たまらず亜由美の名前を呼ぶ。

窓際の畳の上に、センターのユニフォーム姿の兄嫁が倒れていた。これからやってくる僧侶のために、控室の準備をしていたのに違いない。

座卓にはお茶のセットが用意されていた。

敷きかけだったらしい座布団が、とんでもないところに転がっている。

「義姉《ねえ》さん」

スタッフの手前、仕事場では亜由美を「副社長」と呼んでいた。

だが、そんなことを気づかう余裕さえ完全になくしている。

力なく倒れこんでいる亜由美にパニックになった。靴を脱いで、畳の和室に飛びこもうとする。

（ううっ。これは……）

しかし、亮二は困惑した。

座卓の向こうに隠れていたため、靴を脱ぐまでは分からなかった。だが、見れば倒れた兄嫁は――。

（ああ……）

目のやり場に困った。

亮二は立ちつくしたままオロオロする。亜由美は畳に横臥《おうが》し、両手両脚を投げだしていた。

片足をくの字に曲げている。スカートのすそがめくれ返り、むちむちした太腿が丸だしになっていた。

いや、それどころか――。

（うわあ、パ、パンツ……）

そんなことを気にしている場合ではないはずだ。それなのに、視線が勝手に粘っこさを増し、兄嫁のスカートの奥にそそがれてしまう。

スカートがめくれたせいで、露出しているのは太腿だけではなかった。

あろうことかさらにその上――パンティに包まれた大きな尻までもが、ちらっと露わになっている。

(おおお……)

亮二は思わず唾《つば》を呑みそうになった。

亜由美がはいているのは純白の下着だ。

そんな白いパンティの一部が、まん丸に張りつめたヒップの下部とともに亮二の視界に飛びこんでくる。

(見ちゃだめだ。ううっ)

それは鮮烈な光景だった。

ほの暗い想いとともにあこがれ続けてきた魅惑の兄嫁。

いとしくてたまらないその人が、無防備な寝顔だけでなく、太腿と尻までさらしている。

こんなことでもなかったら決して見ることなどかなわない、エロチックな下着とともに。

「あ、亜由美さん」

もしかして、亮二のとまどいに気づいたか。麻央がいきなり背後から飛びだし、亜由美のもとに駆けよっていく。

すばやく未亡人のスカートをもとに戻した。

亜由美のかたわらに膝をつき――。

「亜由美さん。亜由美さん。聞こえますか。亜由美さん。りょ、亮ちゃん」

何度かその身体を揺さぶってから、助けを求めるようこちらに振り向いた。

「お、おう。おい、一一九番。いそいで」

「はい」

亮二は若いスタッフに、すぐさまそう命じた。スタッフは何度もうなずいて、控室から飛びだしていく。

「義姉さん……義姉さん！」

ようやく亮二は亜由美に駆けよった。

そんな彼に、いそいで麻央が場所をゆずる。

「義姉さん、どうしたの。しっかりして。義姉さん」

青ざめた顔で意識を失っている、いとしい熟女を揺さぶった。

しかし亜由美は答えない。

「義姉さん」

動転しながら、なおも亮二は亜由美を呼んだ。

彼は気づかなかった。

そんな自分の横顔を、複雑そうな表情で、幼なじみが盗み見ていることを。

3

「しばらく安静にしていれば良くなるって言ってたから、安心したね」

「ああ、そうだな……」

麻央の運転するコンパクトカーの助手席にいた。亮二はぼんやりと窓外を見つめ、思わず深いため息をつく。

ついさっき、亜由美の病室をあとにした。一緒に見舞いに来てくれた麻央の運転で帰途についた。

市で一番の巨大病院は、ターミナル駅からほどない住宅街の中にある。亮二と麻央の家がある街は、そこから車で三十分近く離れていた。

窓外の街は、深い闇の中に沈んでいた。家々の明かりがひっきりなしに現れては、すぐに背後に流れていく。

「でも……一週間はきついんじゃない？」

「うん、でも……しかたないよ」

麻央の言葉に、亮二は答えた。

助手席のシートに深くもたれ、亜由美のことを思いだす。白いベッドに横たわった兄嫁は、点滴のチューブにつながれながら、何度も「ごめんね、迷惑かけて」と亮二にあやまった。

もう少し早く気づいてあげなければならなかったのにと、亮二は強く悔いた。

無理がたたったらしく、過労とはいえ退院までには一週間ほどかかるかもというのが主治医の見解だった。

(うう……)

瞼の裏にフラッシュバックのように再生される禁忌《きんき》な眺めに、亮二はうろたえた。

思わずかぶりを振り、脳裏からそれを振りはらおうとする。

むちむちと肉感的だった亜由美の太腿。しかも太腿だけでなく、白いパンティに包まれた、尻の一部まで見てしまった。

(なんてことだ)

自分という人間の浅ましさが嫌になった。

こんな状況で、亜由美の太腿とヒップを思いだしているだけでもどうかしている。

それなのに、さらには股間がキュンとうずき、ペニスが勃起しそうになる。

「――だね」

「……えっ？」

ようやく麻央が、なにか言っていることに気づいた。自分の世界に没入するあまり、彼女の言葉が脳味噌にとどかなくなっていた。

「ごめん。聞いていなかった」

亮二は助手席で身じろぎをし、運転する麻央に謝罪する。

「……」

麻央はハンドルを操作しながら、そんな亮二に対して無言だった。

「ほんとにごめん。ちょっといろいろ考えごとをしていて」

なにも言わない幼なじみに、もう一度亮二は謝った。

隣を見ればクールな美女は、唇を噛みしめたまま、フロントガラス越しの故郷の闇を見つめている。

「……麻央？」

無言のままの麻央に違和感をおぼえた。

「えっ？」

亮二は声をあげる。

いきなり麻央がハンドルを切り、脇道に左折したのである。二人が暮らす街までは、左折などせずまだまだひたすら走らなくてはならなかった。

「おい、麻央。どこに行くんだよ」

「……」

「麻央」

「…………」

大通りをはずれると、とたんに闇が濃くなった。古い低層住宅が並ぶ細い道を、麻央の車はスピードをあげて走りつづける。

「麻央、どうしたんだ。なんで黙ってるんだよ」

「……」

「なあ、麻──」

「亮ちゃん」

ようやく麻央が口を開いた。

フロントガラスの向こうを見ながら、硬い笑みを口もとに浮かべる。

「亮ちゃん……言っておくけど、バレバレだからね」

「……えっ？」

謎めいた麻央の言葉に、亮二は眉をひそめた。

「バ、バレバレって……なにが」

「…………」

「麻央——」

「亜由美さん」

亮二の言葉をさえぎるように麻央が言った。

それまでより、大きな声だった。

いくぶん上ずり、ふるえてもいる。

「亜由美さんを、好きなんでしょ」

「——っ⁉」

「嘘ついてもだめだから。何年、亮ちゃんを見てきたと思うの。百万人をだませても、私のことはだませない」

「い、いや。いやあの、麻央——」

「大好きなの、私」

「……うん？」

矢継ぎ早の言葉に、正直頭がついていかない。亮二は固まったまま、思わず麻央に問い返す。

「好きって……誰を？」

「亮ちゃんのこと」

「……えっ？」

自分めがけてはなたれた思いがけない言葉に、時間が止まったようになる。

(今なんて言った)

亮二は狼狽《ろうばい》する。聞き違いなどではないはずだ。だが、麻央の言葉はあまりにも予想外だった。

「えっと、あの——」

「大好きなの。知らなかったでしょ、ばか。大好きなの」

車を運転しながらだった。

しかも、車のスピードがさらに上がったように感じるのは、亮二の気のせいであろうか。

「ちょ……麻央——」

「子供のころから好きだったよ。中学生のときも高校生のときも好きだった。もちろん今だって好きなの」

亮二は言葉を失う。

途中から、麻央の告白は涙声になった。

アーモンドの形をした瞳から、あふれた涙が白い頰をつたう。グスッと、麻央は鼻をすすった。

「ばかみたいだよね。亮ちゃんの中には、私なんていないって分かっているのに」

今にも嗚咽に変わりそうな声。

涙をこらえようとしてか、肉厚の唇を嚙みしめる。

わなわなと唇がふるえた。見開いた両目から、粒の大きさを増した涙がさらにあふれて頰を流れる。

「今も、亮ちゃんの頭の中は亜由美さんでいっぱい。私の言葉なんて、ぜんぜん頭に入ってこない」

「いや。あの、ちょっと待って」

「亮ちゃん、私、つらいよう」

ついに麻央は感情を爆発させた。言葉尻が跳ねあがって裏返る。

「つらいよう。亜由美さんを見てる亮ちゃんを見てるとつらい。つらい。つらい。つらい……」

「麻央……」

泣きながら感情をたたきつけてくる幼なじみに、キュンと胸を締めつけられた。

麻央の言うとおりだ。

なにも気づかずに今日まで来た。

というより、亜由美が高嶺《たかね》の花ならば、麻央も麻央で高嶺の花だ。すらりと細身の体型は、モデル顔負けのスタイルの良さ。クールな美貌も神々しく、自分のように平凡な男とは無縁の世界で生きている女だと思ってきた。

何人もの男が彼女にアタックし、あえなく撃沈しつづけてきたことも、いやというほど知っている。

それなのに——。

(そんな麻央が、俺なんかを……好き？)

「言っちゃった。とうとう言っちゃった……えぐっ」

爆発させてしまった感情に、当の麻央がいちばんとまどっているかに見えた。車のハンドルをあやつりつつ、「うっ、ぅっ」と哀切な嗚咽を漏らす。

「どうしよう。もう元に戻れない。今までみたいに、もう亮ちゃんと話せない」

「ま、麻央」

「亮ちゃんのばか。ほんとにばか。ばか、ばか」

気づけばあたりは、さらに濃くて深い闇になる。

大きな森林公園のあたりだろう。対向車も後続車もなく、闇の中で麻央の車が急停止する。

「このまま帰りたくない」

ハンドルを握り、車をアイドリングさせたまま麻央が言った。ハンドルに顔を押しつけて、その表情を隠している。

「えっ」

「帰りたくない。ねえ、意味分かるよね」

そう言うと、ようやく顔をあげてこちらを見た。

「亮ちゃんに、いやらしいことさせてあげる」

なんということだ。

ぼろ泣きではないか。

無数の男を振り返らせる、めったにいない極上の美人が、身も世もなく泣いて鼻の穴をひくつかせ、せつない想いを訴える。

「麻央……」

「させてあげる。亮ちゃんに、好きなことさせてあげる。亮ちゃんのばか」

「あ……」

「ばか、ばか、ばか」

拳を握り、亮二をポカポカと殴ってくる。クシャッとくずれた美貌から、涙のしずくが糸を引いてあたりに飛びちる。

「お、おい……」

「こんなにいい女なのに。亮ちゃんなんかにはもったいないほどいい女なのに。どうして私からこんなことを言わなきゃいけないの。どうしてほかの男の人たちみたいに、私に興味を持ってくれないの。ばか。ばか、ばか、ばか。あーん」

「麻央……」

しばらくして麻央は、亮二を殴るのをやめた。

両の拳を握ったまま、首をすくめて慟哭する。泣きながら、せつなく言葉を振りしぼる。

「こんなに好きなのに。ずっと好きだったのに。どうして好きになってくれないの。ずっとずっと、そばにいたのに。小さいころからそばにいたのに」

「お、おい……」

「誰よりも最初から私がいたのに。あーん」

それは、なんと愛らしい姿だったろう。

鼻の奥がつんとした。もらい泣きをしかけている。

子供のように泣きじゃくる麻央に、幼いころのおてんばな少女が重なった。

亮二は嗚咽する幼なじみを見つめ、自分の人生はいったいどうなってしまったんだと、他人事のようにぼんやりと思った。

4

「おおお、麻央……」

「亮ちゃんのばか。大嫌い。こんないい女にこんな思いをさせて。大好きなんて嘘。大嫌い。亮ちゃんなんて大嫌い」

「あああ……」

麻央の告白から、二十分ほどのち。二人の姿は、街の郊外にひっそりと立つラブホテルの一室にあった。

広々とした部屋の一隅に、大きなベッドが置かれている。室内は、壁もソファも調度品も、ほとんどが深紅に統一されていた。

薄暗い間接照明が、そんな室内を艶めかしく浮きあがらせている。

センスのいいホテルとは思えなかった。

内装は、やはりどこか毒々しく、しかも扇情的である。まさかこんな空間に、美しい幼なじみと二人で飛びこむ日があっただなんて。

「アァン、亮ちゃん」

「うわあ……」

麻央はまだ泣きやんではいなかった。なおも鼻をすすり、新たな涙を流しながら、それでもせつなく亮二を求めてくる。

ベッドに仰臥した亮二は、スラックスを脱がされた。ボクサーパンツに包まれたペニスは、これっぽっちも大きくなどなっていない。

「いやだ、亮ちゃん。興奮してくれなくちゃいや」

そんな亮二の股間の状態に、麻央はいやいやとかぶりを振る。

アッシュブラウンのセミロングが、肩のあたりでふわふわと繊細そうな毛先を踊らせた。

麻央は涙に濡れながら、亮二の股間に指を伸ばす。

下着の縁に指をかけると、彼の意志などおかまいなしに、一気にそれをずり下ろす。

「まあ……」

「ううっ、麻央……」

長い時間、ともに近くで生きてきた。

いつも相手の成長を自らの成長と重ねてきた。

だがそんな麻央をもってしても、今夜初めて知るはずだ。自分の幼なじみの男が、こんなペニスをひそかに持っていたことを。

「はうう、亮ちゃん……」

思いがけないペニスの大きさに、意表をつかれたようだった。麻央はその目を白黒させ、恥ずかしそうに男根から視線をそらす。

「あの、麻央。あっ……」

しかし麻央は、ひるむ自分の背を押した。

あらためて亮二に脚を広げさせる。彼の股間に陣どると、意を決したように身を屈めて——。

「うわあ、麻央……」

スベスベした白魚の指で、亮二の肉棒をそっと握る。亮二はペニスに幼なじみの指のぬくみを生々しく感じた。

「はうう、亮ちゃん……わ、分かってる。亮ちゃんの気持ちは分かってる」

「えっ。わわわ……」

哀切な声音で麻央は言った。まだ勃起とは縁遠い肉茎をしこしこといやらしくしごきはじめる。

棹の部分をしごくだけでなく、カリ首もシュッシュとさかんに擦った。

そんないやらしい指奉仕に、たまらず亀頭が甘酸っぱくうずいてくる。

こんな展開になるとは、夢にも思っていなかった。今でも心の奥底では、この状況にとまどっている。

それでも幼なじみに陰茎をしごかれたら、苦もなく発情してしまう自分がいる。

(おいおい、俺ってやつは……)

あまりの浅ましさに、暗澹《あんたん》たる気持ちになった。

ついさっきまでいとしい兄嫁に思いを馳せていたはずなのに、幼なじみに肉弾攻撃に打って出られると、うろたえる気持ちとは裏腹に、ペニスが硬さと大きさを増す。

「はぁはぁ……お願い、大きくなって。わ、私……恥ずかしくって死にそうだよう。

んっ……」

……ピチャ。

「うわあっ」

耽美なうずきを感じていたが、まだ男根はふにゃふにゃなままだった。

そんな肉棒に狼狽したかのように、麻央は棹をしごきつつ、ざらつく舌でれろんとカリ首をひと舐めする。

そのとたん、火の粉の散るような電撃がまたたいた。

ただでさえ、そんなことをされたら気持ちがよいのが当たりまえ。しかも、そうした卑猥な行為をしてくれているのが麻央だと思うと、肉棒に感じる快さが募っていくばかり。

「はぁはぁ……感じて、亮ちゃん。感じてよう。私……私……んっんっ……」

……ピチャピチャ。れろん。れろれろ。

「うおお……ま、麻央。そんなこと、したら……おおお……」

「はぁはぁ。はぁはぁはぁ。お願い……お願い……んあぁ……」

リズミカルな手コキで棹をしごきつつ、右から、左から、また右から、麻央はさかんに舌の雨を降らせる。

すすり泣きながらのフェラチオは、ただ気持ちいいだけでなく胸に迫るものがあった。

こんなにも好きでいてくれたのかと思えば、今さらながらに幼なじみへの甘酸っぱい感情が膨張する。

（ごめん、義姉さん）

もはや麻央の誘惑を拒否することは難しかった。麻央への感謝の思いとともに、自制しがたい欲望が湧きあがる。

心には、ずっと亜由美がいるものの、響子に麻央、そして、よく考えたらまた明日は、梨沙とも密会の約束を交わしている。

（ええい）

どうにでもなれというような、やけっぱちな気持ちになってきた。

平凡な一市民として、淡々と日々を過ごしてきた。これほどまでにもてたことなど、一度だって経験がない。

それなのに――。

「ああ、麻央。うう、ち×ぽ勃つ……」

理屈で考えたなら、してはいけないことばかりしていた。亜由美が心にありながら麻央を抱こうとするなんて、言語道断もいいところだ。

しかし、もはや亮二はケダモノだった。罪の意識はおぼえつつも、これほどまでに麻央がかわいいと思ったこともない。

「た、勃って……ち×ちん、勃起させてよう。でないと私、恥ずかしくって……んっんっ……あっ——」

「おおお、麻央……」

「あああ……！」

自分で責めたてておきながら、麻央はうろたえ、うめき声をあげる。彼女が丸めた指の輪の中で、とうとうペニスがエレクトをはじめた。

理性や道徳といった鎖を引きちぎり、ぶわり、ぶわりと胴回りの太さを増していく。同時に縦にも長さを加え、見る見る麻央の細い指から、どす黒い男根がぐんぐんと伸びて威圧感を増大させる。

5

「んああ、亮ちゃん……ああ、すごい……ハアァァン……」

肥大する亀頭に、麻央は泣きながらも気圧されたようになった。潤んだ瞳をぱちくりさせ、涙に濡れつつ鈴口を、さらにピチャピチャと舐めしゃぶる。

「麻央……おおお……はぁはぁ……こ、こんなことされたら……俺もう……もう……」

「んっんっ、亮ちゃん……んっんっ……いいのよ、亮ちゃんの好きにして……」

「麻央」

「好きにされたい。一日ぐらい……んっんっ……」

「くうぅ……」

勃起する極太になおも舌の雨を降らせながら、麻央は亮二を求めた。

幼なじみがまぶす唾液のせいで、野性味あふれる怒張は、粘りに満ちた汁まみれの威容を見せつける。

(気持ちいい)

舌でねろねろと舐められるたび、甘美なうずきが火花を散らしてひらめいた。いつしか亮二の肉棒は、みごとに完全な戦闘状態になる。

「今日だけ……んっんっ……今だけで、いいの……んっ……ああ、すごい、こんなに大きく……んっんっ……」

……ピチャピチャ。れろん、ちゅうちゅば。

「おおお、麻央……」

勃起した男根がジンジンとうずいた。

肉皮を突っぱらせた鈴口が、あえぐかのように尿口をひくつかせ、先走り汁を滲みださせる。

(もうだめだ)

「亮ちゃんの気持ちは分かってる……全部分かってる！　でも今だけ……今だけ私を想って……！　明日から、また頑張るから。サバサバした私に戻るから——」

「ま、麻央！」

「ああああ」

脳髄が音を立てて火を噴いた気がした。何もかもを砕けさせ、亮二は性の激情にどっぷりと溺れたケダモノになる。

攻守ところを変えるかのように、麻央を抱きすくめて身体を反転させた。細身の美女をベッドに押したおし、着ているものを次々とその身体からむしりとる。

「ハァアン、亮ちゃん……ああ、恥ずかしい……」

見る見る亮二に素肌をさらしながら、麻央は声を上ずらせた。

白いシャツを脱がし、黒いズボンを脚から剝けば、見事としか言いようのない長い手脚とスタイル抜群のボディが、亮二の眼前に現れる。

「はぁはぁ……ま、麻央……」

「あぁぁん、いやあぁ……」

胸と股間を隠していたのは、花柄をあしらったセクシーな下着。

ブラジャーを引きちぎるように胸から剝《は》がすと、スレンダーな体型によく似合う小ぶりな乳房がプルンと揺れて露出する。

(か、かわいい)

「ああああ」

亮二はすばやく全裸になり、仰臥する麻央に覆いかぶさった。

丸出しになったおっぱいを鷲づかみにすれば、麻央は耐えかねたような声をあげ、亮二の下で困惑したように身悶える。

「麻央。はぁはぁ……ああ、やわらかい。それに乳首……お前ももう、こんなに勃起して……」

「んはあぁぁ」

もにゅもにゅとねちっこい手つきで乳を揉みながら、亮二は乳首も、からかうように指であやした。

ほどよい大きさの白い乳房は、伏せたお椀を思わせる。先端をいろどる乳首と乳輪が、淡い鳶《とび》色を見せつけた。

乳首はすでに硬くしこり、キュッと締まったエロチックな果実をアピールする。非の打ちどころのない容姿に思えたが、こうして見ると乳首のたたずまいは、クールなビジュアルとはいささか趣《おもむき》を異にしている。

やや大ぶりで、なんとも生々しい。だがそこが、逆に亮二を昂ぶらせた。

「あぁん、恥ずかしい……いや、あっあっ、恥ずかしい……私……乳首、コンプレックスで」

「えっ、そうなの？」

「あああああ」

グニグニと乳を揉みながら、片房の頂《いただき》に吸いついた。それだけで麻央は派手に痙攣し、もう少しで亮二はその身体から落ちそうになる。

「麻央、この乳首？　どうしてコンプレックスなの？　んっんっ……」

……ちゅうちゅう。れろれろ、れろ。

「ハァアン。ああ、いや。ど、どうしよう……あっあっあっ……りょ、亮ちゃんに舐められてるって思っただけで……あン、いや、私すごく……あっあっ……すごく敏感になっちゃって──」

「この乳首が？」

「うあああぁ」

片側の乳首を唾液まみれに穢すと、すかさずもう一方の乳首にむしゃぶりついた。

おっぱいと乳首を責められ、一気に感度が上昇したのか。

麻央は先刻以上の激しさで身をふるわせ、またしても亮二は汗ばみはじめた半裸の女体からずり落ちそうになる。

「麻央、乳首感じる？　感じちゃうから恥ずかしいの？　んっんっ……」

……れろれろ、れろん。ピチャピチャ、ねろん。

「ハァアアン。ハアアアァ」

亮二は舌を執拗にくねらせ、しこり勃つ乳芽をあちらからこちらから、容赦ない激しさで舐め立てた。

亮二がしかける熱っぽい責めに、麻央はますます淫らに反応する。

右へ左へとパニック気味に身をよじり、プリプリと小さな尻を振っては、乳芽に感じるはしたない悦びを、恥じらいながら享受する。

「あぁン、亮ちゃん。そ、そうなの……あっあっ……私、乳首、とっても敏感で……ハアァン……今日はいつもより、もっと……もっといっぱい感じちゃって……あはああぁ……」

「くう、麻央」

「うああ。あああああ」

せりあげるように何度も乳を揉みこねては、右の乳首から左の乳首、つづいて右へ、また左へと、しゃぶる乳芽をしつこく変えた。

そのたび麻央はビクビクと身体を痙攣させ、火照った小顔を狂ったように振って、美しい髪を振り乱す。

紅潮してきたのは美貌だけではなかった。

透きとおるような白い肌は、あこがれの兄嫁といい勝負。そんな美肌が生々しさあふれる朱色を強め、肌のすべてがほんのりと、恥じらいと昂揚《こうよう》感を訴えているかのようである。

「はぁはぁ……麻央、かわいいよ、麻央の乳首。んっんっ……」

……ちゅうちゅぱ、ピチャ。ねろねろ、ねろん。

「あっあっ……いや、乳首のこと言わないで……ンハアァ、恥ずかしいの……いや、どうしよう……か、感じちゃう……乳首だけで……乳首だけでとろけちゃう！」

「ま、麻央……？」

「もっとして。亮ちゃん。もっとして。お願い、して。してしてして」

「くうぅ……こ、こうか？　んっ……」

……れろれろれろ。

「ああああ」

……れろれろれろれろ。ちゅうちゅぱ、れろれろ。れろれろれろ。

「うああ。ああああ。か、感じちゃう。いっぱい感じちゃうよう。あああああ」

亮二は怒濤の乳首舐めを、二つの乳頂部にくりだした。気づけば乳を揉みすぎて、指の痕《あと》が赤い痣《あざ》になっている。

形のいいおっぱいが惨めなまでにいびつにひしゃげた。乳首の向きをあちらへこちらへと、休むことなく変える。

「はぁはぁ……麻央……感じて、いっぱい感じて……んっんっ……」

「ああん、亮ちゃん。うあああ」

絶え間なくその身をのたうたせる美女に、いやでも昂揚感が増した。

汗のせいで湿りを帯びた内腿に、誇示するように亀頭を擦りつけ、熱と硬さとおのがやる気を、これでもかとばかりに訴える。

「あっあっあっ。ハアァン、ハアアァ。ああ、乳首気持ちいい。こんなのはじめて。亮ちゃん、はじめて。乳首いいよう。いいよう。あああああ」

「おお、麻央……んっんっ……」

もしかしてイキそうかと、亮二は察した。

このまま絶頂まで押しあげてやれと、さらに強めにねちっこく、二つの乳首をしゃぶり倒す。

……れろれろれろれろ。ピチャピチャ、ちゅうちゅぱ。れろれろれろれろ。

「あああああ。イグ。イグイグイグイグ。イグゥゥ」

「くぅ、麻央……」

「あああ。あああああああっ！」

……ビクン、ビクン、ビクン。

「おお、すごい……」

ついに麻央は恍惚の天頂高く吹っ飛んだ。暴れる魚さながらに、達した身体を跳ね踊らせる。

亮二はついに麻央からずり落ちた。膝立ちになり、幼なじみのアクメ姿を感無量の思いでじっと見る。

「あっ……あああっ……ハアァン……いや、こんな……ことって……ああ、嘘……恥ずかしい……あああああ……」

麻央の絶頂痙攣は、なかなかやもうとしなかった。

見られることを恥じらうように、右へ、左へと身をよじる。

濡れた瞳の焦点はあわず、忘我の境地で淫らな悦びに身を浸していることを雄弁に伝える。

「はぁはぁ……麻央……」

「だめ、恥ずかしい……こ、こんなの……初めてなの……アァン、痙攣、止まらないよう……あああ……」

「おおお……」

麻央は奥歯を噛みしめ、首筋を引きつらせて絶頂をむさぼる。

痙攣をくり返す美肌から、汗の微粒がぶわっと滲んだ。

見る見る全身がいっそう艶めかしい光沢を帯び、噴霧器で霧でも吹いたような姿になった。

6

「ま、麻央……俺、もう我慢できないよ」

訴える亮二の声は、興奮のあまり不様にふるえた。

今度は亮二が麻央のパンティを脱がせる番だ。

ふるえる指を美女の腰へとすばやく伸ばすや、肌に食いこむ下着の縁に指をかけ、一気呵成にずり下ろす。

──ズルッ。

「ハアアァン……」

──ズルズルッ。ズルッ。

「いやあぁ……亮ちゃん……」

「おおお、麻央……」

ついに美貌の幼なじみは、生まれたままの姿になっていく。

(うわあ……)

亮二は目を見張る。股間にもやつくセクシーな茂みは、意外にモジャモジャ気味だった。
クールな美貌と剛毛のギャップに、亮二の鼻息はますますフンフンと荒さを増す。
「麻央……はぁはぁ……意外にここの毛、いっぱいだったんだな」
からかうつもりは微塵もなかった。
お互いに長いこと知りあい同士である。
それなのに、裸にならないと分からないことも、やはりいっぱいあるもんだよなと、
そんな思いから出た言葉だった。
だが——。
「い、いや。そんなこと言わないで……そこも……コンプレックスなの……」
麻央は亮二の指摘に柳眉を八の字にし、またもや泣きそうになって見あげてくる。
「どうして？　俺は好きだよ。お前みたいな美人の股間に……こんなモジャモジャが
あると思うと……」
「ハアアァン……」
恥じらう麻央にささやきつつ、剛毛繁茂に指を埋めた。
口にした言葉は世辞でもなんでもない。
乳首に剛毛。

こんな美女ですら、人には言えない劣等感にさいなまれていたのかと思うと、さらに甘酸っぱい親近感が増す。

「あああ。亮ちゃん。亮ちゃん。ハアアァン」

「はぁはぁ。はぁはぁはぁ」

モシャモシャと陰毛をかき回す指に、思わず知らず熱っぽさといやらしさが増した。麻央の陰毛は見る見る毛先をそそけ立たせ、こんもりとヴィーナスの丘に盛りあがる。

なんとも卑猥なその眺めに、亮二はいちだんと息づまった。反りかえったままの極太を、ビクン、ビクンと脈打たせる。

「麻央、エロい眺め。俺、好きだよ、お前のこのモジャモジャ。はぁはぁ」

「いやぁン。そんなこと言わないで。恥ずかしい。恥ずかしい。んっあああ」

「くう、麻央！」

「ハアアァン」

伸びやかな両脚を抱えあげ、あられもない大股開きにさせた。股の間で位置をととのえ、いよいよ合体の体勢に入ろうとする。

（濡れている）

とうとうはっきりと目にした陰唇に、亮二はごくっと唾を呑んだ。意外に豪快なマングローブの森の下。麻央の淫肉は官能的な裂け目の全貌を見せてくれる。

ふっくらとふくらむ大陰唇は、思わず指で押したくなるようなジューシーさ。そんな大陰唇を右と左に押しのけて、生々しさあふれるビラビラが、ぴょこりと飛びだしてふるえている。

ピンクのラビアはねっとりと、ふしだらな蜜にまみれていた。

殻から飛びだす貝肉を彷彿とさせるたたずまい。くぱっと開いた粘膜の園は、目にも鮮やかな紅鮭色を見せつけて、早く、早くとねだるかのように、膣穴をヒクヒクと開閉させる。

「うう、麻央。いいんだな。ほんとにいいんだな」

「あああああ」

……グチョグチョ。ネチョネチョ、グチョ。

手にとった剛棒の角度を変え、亀頭と蜜粘膜をなじませた。

戯れあうように亀頭で膣穴をしつこく擦ると、攪拌《かくはん》された愛液が、糸引く粘着音を艶めかしくひびかせる。

「んああ、ハァァン、亮ちゃん」

麻央はくなくなと身をよじり、鼻にかかった声をあげた。そんな幼なじみに、もう一度亮二はたしかめる。

「いいんだな。俺なんかのち×ぽ、ここに挿《い》れても」

「ああ、いいの。亮ちゃん、いいの。そんなこと言わないで」

蜜穴に亀頭の先を擦りつけるたび、８の字を描くようにヒップを振った。麻央は恥じらいながらも感極まった声で、思いの丈をぶつけてくる。

「亮ちゃんのものにして。今夜だけでいいから自分のものに。亮ちゃんのばか。どうして私みたいないい女が、こんなこと言わなきゃならないの」

「ううっ、麻央……麻央！」

――ヌプッ！

「うあああああ」

かわいい麻央にあおられるように、亮二は腰を突きだした。

ペニスの先が、苦もなく胎肉にすべりこむ。

そのとたん、ヌルヌルして温かな牝ならではの粘膜が、全方向から亮二の亀頭を揉みつぶすように締めつける。

「ああァン、亮ちゃん……」

「麻央……ああ、すごく濡れてる……」

――ヌプッ。ヌプヌプヌプッ！

「あああ。あああああ」

「おおお……」

たっぷりの潤みに満ちた牝洞に、亮二はますます腑抜けになる。

いけないことだと知りながら、奥へ、奥へと男根を埋没させ、根元まで深々と埋めていく。

「あっあっ……ああん、すごい……うあっ、うああ……亮ちゃんの、ち×ちん……すごく、奥まで……ハアァァン……」

「くぅ、麻央……気持ちいい……」

「あああああ」

ついに亮二の極太は、麻央の牝肉の奥深く埋まる。

股間と股間が密着した。

伸びやかな裸身は、すでにねっとりと汗を噴きださせている。肌と肌とが擦れ、亮二の身体がヌルッとすべる。

「はうう……亮ちゃん……亮ちゃん！」

そんな亮二の浅黒い身体を、麻央の細腕がかき抱いた。

「麻央。ううッ……」

せつない力にムギュッと強く抱きしめられる。麻央の力の入れ具合で、どれだけ自分がこの人に思われていたかがよく分かった。

7

「どうしよう……このままがいい……もうずっと一生……このままがいい……」

「ま、麻央……」

(かわいい……！　け、けど。おおお……)

麻央の声は涙混じりだった。渾身の力で亮二を抱擁する。彼の首筋に顔を埋め、甘えるようにスリスリとする。

それだけなら、亮二ももう少し落ちついていられた。ところが麻央の肉壺は、それを許してくれなかった。

飛びこんできた男根におもねるように蠕動する。休むことなく波打っては、「早く動いて。ねえ早く」とでも催促しているかのように、ペニスを甘締めし、あえぐかのような動きをする。

（くぅ……）

そんな牝肉のもてなしを受けては、平常心でなどいられない。絞りこまれたペニスが何度もキュンと甘酸っぱくうずいた。

「麻央……ごめん、俺……動きたい……」

我慢をしようとすればするほど、大粒の鳥肌がくり返し背すじを駆けあがった。亮二はブルンと身ぶるいし、こちらからも獰猛に美女の裸身を抱きしめる。

「んああ。亮二ちゃん……」

「動きたい。いいか。いいか」

「う、動いて。亮ちゃん、動いて」

決して亮二に顔を見せようとはしなかった。麻央は亮二の首筋に美貌を埋めたまま身じろぎをし、もう一度強く抱き返す。

「ずっとこのままがいいけど……私も動いてほしい……」

「麻央」

「気持ちよくなって。一生忘れないで。今夜の私、一生亮ちゃんの頭の中に置いておいて」

「おお、麻央。麻央！」

……ぐちゅる。

「あああン」

「うぅ、気持ちいい……」

とうとう亮二は卑猥に腰を使いはじめた。強い力で幼なじみを抱擁したまま、前へ後ろへとゆっくりと腰をしゃくりだす。

性器と性器が窮屈に擦れあった。

カリ首とぬめるヒダヒダが擦過する。腰が抜けそうになるほどのピンクの電撃が火の粉を散らし、ペニスから脳天に突きぬける。

「はあぁん、亮ちゃああん」

「おおお、麻央！」

……ぐちゅる。ぬぢゅる。

「うあああ」

「た、たまらない」

……ぐちょっ。ぬぢゅる。ぐちょ。

「あああ。ああああああ」

「はぁはぁはぁ」

いよいよ二人の生殖器は、互いになじみあいはじめた。

加速しはじめた陰茎が荒々しさを加えつつ、ぬかるむ狭隘な胎路の中を何度もピストンする。

「あっあっあっ。アァン、いや……ああ、亮ちゃんのばか……ど、どうして……ち×ちんこんなに大きいのよう。うああああ」

膣奥深く抉られるたび、麻央はひときわ激しく身をよじり、尻を振った。

長大な極太の先を、通せんぼでもするようだ。子宮がキュッと包みこみ「亮ちゃん。亮ちゃん」と甘えるように蠢動しては締めつける。

（おかしくなる）

快い子宮のもてなしに、亀頭がますます妖しくうずいた。

脳髄が麻痺してぼうっとなる。

不意に脳裏に幼いころの愛らしい麻央が現れた。

そうだ、あのころはショートカットだったのだ。男勝《まさ》りのおてんばで、とてもではないが今の美女ぶりは想像もできなかった。

（あああ……）

つづいて心によみがえったのは、女子高生時代の麻央である。

学区内一の美少女と、評判になりだしたのはそのころだ。手も脚もマッチのように細く、人並みはずれたスタイルの良さを見せつけはじめたときだった。

背中までとどくロングの髪をいつでも風になびかせた。亮二とは、いつでも陽気にやりとりをした。

明るい笑顔で冗談ばかり言っていたが、あのときも心の奥では亮二を想い、せつなく葛藤していたというのか。

（なにも気づかなかった）

ばかな男だと自分にあきれた。

しかしもう、時間はもとに戻せない。

亮二は兄嫁と出逢ってしまった。愛してはいけない人だったが、人は理屈で誰かを好きになるわけではない。

（麻央、ごめんな）

心で麻央に謝りつつ、亮二は腰をさらにいやらしくしゃくって責める。

「ハアァン、いやン、亮ちゃん。あっあっ。ち×ちん、すごく奥まで。あああああ」

「はぁはぁ。はぁはぁはぁ。気持ちいい。だめだ。おまえのオマ×コ、気持ちよすぎて、もう俺……我慢できないよ！」

「ひはっ」

……バツン、バツン、バツン。

「あぁあ、亮ちゃん。亮ちゃん。あぁン、ち×ちんすごいよう。すごいよう。うあぁあ。うあぁぁあ」

ついに亮二の抜き差しは怒濤の激しさへとエスカレートした。

抱きすくめられた全裸の美女は、彼の腕の中で艶めかしく悶える。「あぁあ。うあぁあ」ととり乱したよがり声をあげる。

「麻央。はぁはぁ。気持ちいいか」

擦れあう肌が、女体から噴きだす汗のせいでヌルヌルした。毛穴から滲みだす汗の量は、とっくに半端《はんぱ》ではなくなっている。

まさに全身ずぶ濡れだった。甘ったるい汗の香りが湯気とともに、亮二の鼻粘膜に飛びこんでくる。抱擁すればするほどに、魚のようにヌルヌルと、伸びやかな裸身が何度もすべる。

「うあぁあ。あぁぁあぁあ」

しかし、やはりいちばん濡れているのは牝のぬめり肉だった。

怒張を抜き差しするたびに、グチョグチョ、ヌチョヌチョという品のない汁音が大胆にひびく。

しかもそんな粘着音は、さらに尻上がりに高まった。

「ああン、亮ちゃん。亮ちゃああん。あああああ」

「麻央。気持ちいいか。ち×ぽ気持ちいいか」

よがり狂う幼なじみを、亮二は言葉でも責めたてた。発情肉を男根で抉られて狂喜する美しい女に、いやらしい言葉を言わせようとする。

「亮ちゃん。ああ、気持ちいい。気持ちいいよう。うあああああ」

「ち×ぽ気持ちいいか。言うんだ、麻央。ち×ぽ気持ちいいか」

「あああ。ああああああ」

「麻央」

「ち、ち×ぽ気持ちいい。おっきいの。亮ちゃんのち×ぽすごくおっきい。こんなのはじめて。はじめてだよう。あああああ」

「おお、麻央！」

——パンパンパンパン！　パンパンパンパン！

「あああ。奥。奥気持ちいい。ち×ぽがいっぱい刺さってる。奥、奥、奥。奥いいよう。あああああ」

（もう持たない……）

狂乱の度合いを帯びた抽送《ちゅうそう》で、麻央の膣奥を抉りたおす。

肉傘ととろ蜜粘膜が窮屈に擦れ、先走り汁がブチュブチュと泡立ちながら牝襞に粘りつく。

潮騒《しおさい》のような音が、次第に音量を増しはじめた。

ずちゅる、ぐちゅる、ずっちょぬちょという肉ずれ音も同時に高まり、ベッドの脚がギシギシときしむ。

「はぁはぁ……麻央、でっかいち×ぽ気持ちいいか」

「気持ちいい。亮ちゃん、大好きだよう。今夜だけ言わせて。大好き。大好き」

「麻央。もうだめだ……」

フンフンと鼻息を荒くして、子宮に亀頭を突き刺した。

視界がチカチカと明滅し、陰茎の芯が真っ赤に焼けて、ザーメンの通り道が大きくなる。

（イクッ！）

「うあああ。亮ちゃんのち×ぽ気持ちいい。あああ。幸せだよう。幸せだよう。ち×ぽ気持ちいい。ち×ぽ気持ちいい。もうイグッ。イグイグイグイグッ。あああああ」

「麻央、出る……」

「うあああああ。あああああああっ！」

――どぴゅどぴゅどぴゅどぴゅ！　どぴぴぴ、びゅるぶぷっ！

オルガスムスの彼方へと、ロケット花火のように突きぬけた。快楽の荒波に呑みこまれ、錐《きり》もみ状態で歓喜にむせぶ。

ドクン、ドクンと肉棒が、我が物顔で脈動した。水鉄砲の勢いで精液が撃ちだされ、ぬめる子宮をビチャビチャとたたく。

「あっ、あああ……すごい……すごいの……ハァアン……」

「麻央……」

「ア、アソコで……んあああ……ち×ちん、すごく……ビクビク、いって……」

「おおお……」

性器でつながった幼なじみも、同時に頂点を迎えていた。

右へ左へとさかんに顔を振りたてながら、セックスだけが可能にする至上の悦びに身をひたす。

端正な美貌は、真っ赤に火照っていた。

潤んだ双眸はしどけなく、今この瞬間、麻央という女性が一匹の獣になっていることをリアルに伝える。

「入って、くる……精液……温かい……亮ちゃんの、精液……いっぱい……いっぱい……あああ……」

「おお、麻央……」

幸せそうに絶頂をむさぼる麻央に、甘酸っぱい気持ちになった。

改めてもう一度、強い力でかき抱く。

しかし麻央には、亮二を抱き返す余力はなかった。

「あぁん……ビクビク、止まらないよう……ハァアァン……」

なおも派手な痙攣をくり返し、亮二の腕の中でかわいく暴れる。

亮二はそんな幼なじみを抱きすくめた。

波打つ卑猥な淫肉に、なおも大量のザーメンを、たっぷりと注いで穢しつづけた。

第三章　喪服美女のおねだり

1

「暑いところ、すみません」

「い、いえ……」

未亡人の梨沙の自宅をたずねたのは、麻央との一件から次の日の午後のこと。

のどかな郊外の住宅街。ニュータウンとして開発された新興住宅地で、五年ほど前からぞくぞくと入居がはじまった、まだ新しい街である。

(どうして喪服なんだ)

亮二は、自分を迎えた梨沙の装いに眉をひそめた。

そんな必要はないはずなのに、先日の三回忌のときと同じ洋装の喪服姿である。

前身頃がティアード仕様になったシックなフォーマルワンピース。袖の部分がシフォンになった、透け度の高い七分袖仕様のものである。

胸にはブラックのコサージュがつけられ、しめやかな雰囲気をかもしだしていた。

ただ、こんな格好に装う必要は、微塵もないはずだ。

しっかりと決めた化粧も、髪型も、法要のときと変わらない。ダークブラウンの髪をアップにまとめ、白いうなじが今日も剥きだしになっている。

瀟洒な梨沙の家は、二階建ての今風の造り。

おそらく４ＬＤＫほどの間取りのはずで、一階は広々としたリビングとダイニングルームに、仏間がある。

小さな庭には色とりどりの花々が華やかな色合いを競いあっていた。

（やっぱり、複雑な気分だな……）

亮二は和室で亡夫に手を合わせた。

こんなにも早く、仏間として使われることになろうとは思わなかっただろう六畳の畳の間。

大きな仏壇が部屋の一角に鎮座し、三回忌のときにも見た夫の遺影が、仏壇の中から笑顔を見せている。

線香に火を点《つ》け、リンを鳴らし、煙がたゆたいはじめた中、しっかりと仏に手をあわせ終えた。

「よろしければ、お茶でも……」

それを見はからい、背後に端座していた未亡人が畳から立ちあがろうとする。

「いえ、奥さん……」

亮二は片手をあげ、そんな梨沙を制した。

「すみません。仕事もありますので、あまりゆっくりは……」

「あっ……で、ですよね。お忙しい中、すみません」

「いえいえ。とんでもない」

喪服姿の未亡人は、ふたたび畳に座りなおす。

「……」

「……」

「うぅ……」

亮二と向かいあっていることが耐えられないとでもいうようだった。顔をうつむかせたり、あらぬほうを向いたり。組みあわせた指を何度もほどいてはまた組んでをくり返す。

（例のことをはじめてもいいって……思っていいのかな……）

そんな未亡人の様子を盗み見て、亮二はとくとくと胸の鼓動をはずませた。

時間があまりないというのは嘘ではない。

だが、だからといって、この場ですぐにはじめませんかと誘ったわけでは決してなかった。

というより、そもそもこんな部屋でできるわけがない。すぐそこで、亡夫の遺影がしっかりと自分たちを見ているのだ。

「そ、それじゃ奥さん」

照れくささと気まずさを押し殺し、亮二は未亡人に言った。

「こうしていてもなんですし、もしよろしければ……」

「は、はい」

「…………」

「…………」

亮二が言わんとする意味は察したはずだ。しかし梨沙は畳に正座をして、うつむいたままである。

気詰まりな時間だけが過ぎていく。

亮二はちょっぴり、時間を気にした。

「あ、あの」

「………………」

「奥さん、恐縮ですが、そろそろ……その……ご希望でしたら、例のことを……」

自分から誘うのは気がひけた。

だが来訪の目的を果たさなければ帰れない。

いつまでもダラダラと、こんな裏の仕事にうつつを抜かしていてよい身分ではない。

亮二は自らに発破《はっぱ》をかけた。

「はい……」

すると梨沙は、小さな声で返事をし、うなずいた。ちらっと見えた美貌は、羞恥のせいか真っ赤に染まっている。

それは、思いがけない色っぽさだった。

亮二はハッと、不意をつかれる。

「それじゃ……えっと……場所はどちらで……」

なんだか間抜けなことを聞いているなと思いながら、亮二は未亡人をうながした。

だがまたも、梨沙は明確にこたえない。

「そ、それは……あの……」

声をふるわせ、目を泳がせる。

「……？」

「えっと、その……」

「……」

（えっ）

突然、亮二は気がついた。どうして喪服など着ているのかといぶかったが、もしかしてこの未亡人は――。

「あの、奥さん」

思わず、亮二は聞いた。

「は、はい……」

梨沙は相変わらず、聞こえるか聞こえないかというほどの声だ。

「もしかして……その……」

「……」

「ここで……ですか？」

背後の仏壇を気にしながら、亮二は梨沙にたしかめた。

この仏間で梨沙と身体を重ねる兄、優一の姿が、やけに鮮明に脳裏に浮かびあがる。

「うう……」

梨沙は否定しなかった。いたたまれなさそうに顔をそむけ、苦渋に満ちたうめき声をあげる。

(冗談だろう)

禁忌な想像が当たってしまったことに、亮二は愕然とした。

「あの」

亮二は身を乗りだす。

「つ、つかぬことをうかがいますが……もしかして俺……いえ、私の兄とも……やっぱりここで……？」

沈黙が部屋を支配した。

返事がないのが、返事である。

「はうう……」

梨沙はますます小さくなり、なよやかな喪服の肩をふるわせた。

(兄貴。あんたって人は)

心中で、亮二は亡き優一をなじった。

亜由美という素敵な奥さんがありながらと、響子の豪邸でも思ったことを、今日もまた思ってため息をつく。

「軽蔑……してください……」

やがて、搾《しぼ》りだすように喪服姿の美女が言った。

亮二は「えっ？」と聞き返す。

「軽蔑してもらって、かまいません。私は、そんな風に思われてもしかたのない女です。だから……」

ちらっと亮二を見た。

そしてすぐさま、居心地悪げに視線を落とす。

「軽蔑しても、いいですから……お願いです……私を、うんと辱《はずかし》めて……」

「――っ。奥さん……」

それは、心からの哀訴に聞こえた。小さな肩をふるわせて、三十二歳の未亡人ははしたない願望を口にする。

「恥ずかしいこと、してください。ひどいこと、してください。かまわないです。夫の前で。三回忌を迎えたばかりの女が、夫の前でしてはいけないこと……いっぱい……いっぱい……」

顔をあげた。

（あっ……）

亮二は息を呑む。

目を潤ませた未亡人は、これまで一度も見せなかった哀切な表情をしている。

「だめな女なんです、私」

「お、奥さん……」

「お兄さんが教えてくれました」

声を上ずらせ、感情をこめて梨沙は言った。

「そんなだめな女でも、生きていていいんだって。命の炎を燃やしていいって」

（か、かわいい）

それは、胸を締めつけられる意外さだった。

梨沙の双眸から涙があふれる。小さな拳をギュッと握った。

亮二の頭の中いっぱいに、陽気に微笑む兄の姿が再生される。

なあ、兄貴。もしかしてあんたは、俺が思っていたよりはるかに立派な葬儀屋なのかな——。

「奥さん！」

「死のうと思うぐらいなら、いやらしい女だってなんだっていいから、おばあちゃんになるまで生きなさいって。えぐっ……恥をかきながら生きて、生きて、命を燃やし尽くして死になさいって」

「ああ、奥さん」

「死んじゃだめだって。死ぬぐらいなら、恥をかきながら生き――」

「奥さん！」

「あああああ」

何かが音を立てて、亮二の脳髄から吹っ飛んだ。気づけば彼は座布団を飛びだし、喪服の未亡人に抱きついていた。

2

「あぁぁん」

亮二の勢いを丸ごと受け、梨沙は畳に倒れこむ。

そんな未亡人に覆いかぶさった。

泣き濡れる美貌を食い入るように見る。

「いいんですね。恥ずかしいこと、いっぱいしますよ。俺もう、遠慮しませんよ」

「あっ。あああ……」

ワンピースの上から乳房を鷲づかみにした。スレンダーな身体と同様、梨沙のおっぱいは、小ぶりなふくらみだ。

亮二は喪服越しに、ひかえめな乳をもにゅもにゅ、もにゅもにゅと揉みしだく。

「んああ、しゃ、社長……社長……ハァァアン……」

そんな亮二の乳責めに、梨沙は身をよじり、せつなげに悶えた。

チラチラと、さかんに仏壇の夫を気にする。

亡夫の前で犯される悦びを、教えこんだのは兄のようだ。だが、たしかにこの人は、それで命を救われたという。

「いやらしい奥さんだ。はぁはぁ……ようやく三回忌を終えたばかりだっていうのに……葬儀屋の男にこんなことをされて、オマ×コをヌルヌルにしているんだね」

望まれているプレイがどんなものなのかは、よく分からなかった。

だが、兄は兄、自分は自分だ。

同じことはできないし、する必要もない。自分がよかれと思う形で、目の前の美女とくんずほぐれつするだけだ。

「ハアァン、社長」

「ほんとにスケベなんだね、こんなことをされるとたまらないんでしょ」

「あああ……」

亮二はスラックスからベルトを抜いた。

驚いて目を見開く梨沙の両手をとる。

強引な力でひとつにくっつけ、重ねた手首にグルグルと、体熱のぬくみの残るベルトを巻きつける。

「しゃ、社長。ああ、いやン、こんなこと……」

兄にはここまでのことはされなかったらしい。

だが、意外そうに美貌を引きつらせてはいるものの、決して心からいやがっている風ではない。

その証拠に見開かれた瞳には、見る見るさらに妖しい光が、ほの暗い強さを増しはじめた。

「さあ、やりますよ、奥さん。こうしましょう。俺はあなたにいやらしいことがしたくてたまらなかった悪い葬儀屋です。あなたの家に強引に押しかけ、ご主人の……いや、旦那の遺影の前で、いやがるあなたを犯そうとしています。いいですね、それで」

「うあああ……」

亮二は梨沙と、耽美なシチュエーションプレイに興じようとした。速攻で状況設定をし、自ら進んで悪辣《あくらつ》な陵辱者を演じようとする。

(やってやる)

気づけば血液が身体を駆けめぐり、不穏に沸騰をはじめていた。亡夫の前で犯されることに興奮する未亡人を前にすると、いつになく獰猛な劣情が、身体をさらに熱くさせる。

「ああ、奥さん。ほ、ほんとにいい女だ」

亮二は役になりきって、アドリブのシナリオを進めていく。

「しかも、喪服姿がメチャメチャそそられますよ」

わざわざこんな装いで、いけない行為に溺れることを梨沙は望んでいるのである。

未亡人としての自分を強調した形で、亡夫に不貞を働くことに興奮しているのは間違いない。

ならばこちらも、それをプレイに盛りこむまでだ。亮二はそう決め、あらためて、しっとりとした洋装喪服の梨沙を見る。

葬儀の仕事を生業としている自分のようなものが、こんなことを思うのはいけないかもしれない。

だがたしかに、洋装であれ和装であれ、喪服姿の未亡人には、ほかのどんな種類の美しさとも違うしっとりとした魅力があった。

未亡人だというだけで、世の男たちをそわそわさせる魔性がある。

そこに喪服が加わったら、まさに鬼に金棒だ。

そういう意味では、演技とはいえ自分の言葉には、口にするだけでさらに気分が乗ってくる、媚薬のような効果があった。

「ああ、そんなこと言わないで……」

梨沙はかぶりを振り、本格的に息を荒げはじめた。

自ら進んで喪服で迎えておきながら、「そんなこと言わないで」もないものだとは思ったが、もちろん突っこまない。

亮二に託されているのは、好色ではあるもののこの可哀想な未亡人に、いっときこの世の苦しさを忘れさせてやることだ。

そう。

かつて兄が、この美しい人にしてあげたように。

「はぁはぁ……たまりませんよ。ああ、奥さん」

「きゃあああ」

淫らな気持ちが増した。

亮二は両手で、未亡人のすらりとした脚をすくいあげる。とまどう梨沙に有無を言わせず、あばれる脚を拘束し、ガバッと大胆なガニ股にさせる。

(おおおおっ!)

「ああん、いや。なにをするの……やめてください!」

梨沙も亮二に全身で反応した。

品のない開脚姿におとしめられ、押さえつけられた身体をくねらせる。必死の顔つきで亮二をにらむ。

(いいぞ)

恥をしのんではじめた以上、本気でやってもらわないとこちらも困る。

柳眉を八の字にし、怒ったように声を荒げるその反応に、亮二は一匹の牡として嗜虐心を駆りたてられる。

(それに……おおお……)

あばれる女体を力任せに拘束しながら、亮二は色っぽい未亡人の股間を見た。喪服のスカートがめくれ上がり、隠しておきたいその下の眺めが露わになっている。

さらされたのは、白いパンティと黒いストッキングに包まれたやわらかそうなヴィーナスの丘だ。

男心をあおるふっくらとした盛りあがりが、得も言われぬこんもり加減を見せつける。

スカートの下にこもっていた艶めかしいアロマにふわりと顔を撫でられた。

甘酸っぱさあふれる柑橘系の香りは、年齢を重ねた大人の女ならでは。熟れた果実を思わせる薫香に、ますます理性を麻痺させられる。

「い、いや、やめてください。お願い、やめて……！」

ねっとりとした視線を恥ずかしい部分に注がれて、梨沙はいちだんととり乱した。あながち演技とも思えない力の入れかたで両脚を暴れさせる。

亮二は「おっと」と虚をつかれ、もう一度しっかりと、美貌の熟女に身もふたもないガニ股を強《し》いた。

「アアァン……」

「やめて？　それ、本音ですか、奥さん」

からかうように言う。

ワレメのあたりを予告もなく、スリッと急に撫であげた。

「きゃあああ」

そのとたん、梨沙はこの日いちばんの淫声をあげる。背すじを浮かせ、尻を跳ねあげ、ふたたび畳に背中から落ちる。

(すごい感じかただ)

おそらく性欲の強い女性なのだろうと想像はしていた。

だが、まだ下着の上から軽く急所を撫でただけ。それでも梨沙の反応は、亮二の想像をはるかに凌駕する。

「あああ……」

その上、見ればその顔は、そんな自分の感じかたに、おののいているようにも思えた。

淫らな願望にあらがえず、身を任せはしたものの、知られてしまう自分の身体の恥ずかしさに、後悔をしているようにも見受けられる。

「な、なんだい、奥さん、このエロい感じかたは」

梨沙のいやらしい体質に息づまるものを感じながら、亮二はさらに責めていく。

恥じらわせるために揶揄しながら、またしてもワレメを下着の上から――。

……スリッ。

「ああああ」

「おお、すごい声。うりっ、うりっ」

……スリッ、スリッ。

「うあああ。ああ、だめ。だめだめ。ああああ」

(こいつはたまらん)

あたりをつけて指先で、何度もスリスリと局部をあやす。ぷっくりとした硬い突起を指の腹に感じた。

間違いない。クリトリスだ。

いやがりながらもこの卑猥な未亡人は、早くも陰核を、これほどまでに勃起させている。

「スケベな奥さんだ。すぐそこに旦那がいるっていうのに」

「——ハッ。むんぅ……あああ……」

亮二の指摘に我に返り、梨沙はあわてて口を押さえようとする。手首をベルトでひとくくりにされているため、その動きはどこまでもぎこちない。

そんな未亡人に燃えあがるものを感じつつ、亮二は彼女の股間に手を伸ばした。

3

（だ、大丈夫かな）

身勝手な陵辱者を演じてはいたが、言うまでもなくどこまでも演技である。

心中では、哀れな未亡人を気づかいつづけた。それでも亮二は一か八かで、さらに
梨沙を責めたてる。

「ククク、奥さん。さあ、ここはどんなになっているかな」

なぶるような声で言い、両手の指でパンストの股間部をつまんだ。許しも得ずに漆黒のストッキングを、ビリッ、ビリリッと引き裂いていく。

「あああ。いや。やめて。やめてえええ」

プレイとはいえ、手籠《てご》めにされるマゾヒズムをいやでも味わわされる扇情的なシチュエーション。

梨沙は引きつった声をあげ、亮二の蛮行にあがってさらに激しく身をよじる。

（興奮する）

女性にこんなひどい真似をするのは、生まれてはじめてのことだった。

ネットのＡＶ動画などでこうしたシチュエーションを目にしたことはあったが、まさか自分がこんなことをリアルにする日が来ようとは。

……ビリッ。ビリビリッ。

「いやあ。やめてください。やめて。あああああ」

股間のパンストを裂き、右の太腿、左の太腿の一部も裂いた。ストッキングに開いた丸い穴から、抜けるように白い梨沙の美肌が丸見えになる。

裂けたパンストから覗く生肌の白さは、思いがけない艶めかしさだ。

秘丘に食いこむパンティの、清純さを感じさせる純白具合にも痴情をあおられる。

「やめてやめてって、それ本音かい？」

どす黒い情欲を言葉と態度に滲ませて、亮二は梨沙をからかった。

「な、なんですって」

いつしか梨沙は涙目だ。どこまでが演技でどこからが本気なのかも、もはや判然としなくなりつつある。

「クク。ほんとは、こんなことされると、心とは裏腹に、気持ちよくてたまらなくなるんじゃないのかな」

新たな宣戦布告のように、亮二は梨沙に言った。

ドスをきかせて言うつもりが、いくぶん上ずり気味だったのは、ご愛敬だと許してもらおう。

「きゃっ……」

未亡人の股間にすばやくうずくまる。

いやがって身をよじろうとする梨沙に有無を言わせず、丸だしになったパンティのクロッチに指を伸ばした。

「いや。いやいや。だめえええ」

なにをするのと抗議をするように、梨沙の反応はひときわ激しさを増す。そんな美熟女の必死な様に、いやでも鼻息が荒くなった。

亮二は女体を押さえこみ、問答無用とばかりにクイッとクロッチを脇にずらす。

「あああああ」

「おおっ、奥さん。なんだい、このエロいマ×コは」

エロチックな局部を露わにさせると、梨沙は弓のように背すじをしならせ、この世の終わりのような声をあげた。

その姿は極悪な陵辱者になぶられる、罪もない未亡人そのもの。ところがその持ちものは、はしたない本音を隠しようもない。

（メチャメチャ濡れてる）

あられもないその眺めに、亮二はごくっと唾を呑んだ。

肉厚のビラビラはすでにねっとりと濡れそぼっている。わずかに覗く粘膜の園はそれ以上にグショグショで、泡立つ愛蜜をたっぷりと亮二の視線にさらしてひくつく。

「ああ、だめ、見ないで。だ、誰か……誰か助けて」

「はあ？　何を言っているんですか。ここをこんなにもしておいて」

あくまでもしらを切ろうとする梨沙に、男のサディズムを刺激された。亮二はクロッチをなおも脇にずらしつつ、口から舌を飛びださせる。

蜜まみれの淫肉は、なんとかしてほしいと言わんばかりだった。

そんな好色な女陰の期待に応えるように、ラビアの狭間《はざま》に舌を突き刺し、れろんと粗暴にひとなめする。

「ああああああ」

強い電流でも流されたように、梨沙は激しくバウンドした。「そうよ。そうなの。待っていたの」と歓喜にむせぶ蜜肉が、ヒクヒクとラビアを開閉させ、亮二の舌を締めつける。

「や、やめて。やめてください」

「本音ですか。違いますよね。そらそら」

……ピチャピチャ。れろん。

「うああああ。あああああ。だめ。だめだめ。いやン、どうしよう」

「はぁはぁ……奥さん。んっんっ……」

……れろれろ、ピチャピチャピチャ。

「ああああ。ああああああっ」

(すごい声)

我を忘れた、としか言いようのないあられもない声に、亮二はうろたえ、近所を気にした。

この仏間はもちろんだが、リビングも、しっかりと窓は閉まっていたはず。

それでも外まで聞こえてしまうのではないかと思うほど、梨沙のあえぎのボリュームはすさまじく、亮二は女という生き物の意外性に圧倒される。

ほとんど法要の場でしか会っていなかったせいもあるだろう。

だが日ごろの梨沙は寡黙《かもく》でおとなしく、どこかいつもおどおどとしているような雰囲気があった。

そうしたいつものたたずまいからは、この姿は想像できない。

濡れまくる淫肉を舐められて、貞淑な仮面の背後にひた隠す、淫牝の素顔が白日のもとにさらされる。

「おお、奥さん……り、梨沙さん。んっんっ……」

……ぺろぺろ。れろれろ、ねろん。

亮二はついに梨沙をその名で呼び、さらなる舌責めで狂乱させた。

舌をくねらせてワレメをこじるたび、濃厚な愛液が蜜さながらにまつわりつき、ネバネバと濃い糸を引く。

「ハアァアン。そんな。困る。困るの。ああ、主人が……そこに主人が。あああ。うああああ」

怒濤《どとう》のクンニリングスで牝肉を舐めしゃぶられ、もはや梨沙は取りつくろうすべもない。

責められるワレメは、さらにいやらしさを増す。絶え間なく、ヒクヒクと膣穴が蠢《しゅん》動《どう》した。

……ブチュッ。ブチュブチュ。

「おおお……梨沙さん……」

「いや。いやいや。うああああ」

そのたび粘る愛液が、品のない音を立てながら、どろりとあふれだす。

その上――。

「ヒイィン。ンッヒイイィ」

不意打ちのようにクリ豆を舌で弾けば、とり乱したよがり声はさらに切迫感を加えた。

「り、梨沙さん。マ×コ豆、こんなに勃起させて。んっんっ……」

……ピチャピチャ、れろれろ。れろん。

「ハァアン、そんな。あっあっ……ぼ、勃起なんて言わないで……！　ああ、だめ、そんなに舐めたら……あっあっ……」

「勃起してますよ。すんごい勃起」

……ちゅうピチャ、れろん。れろれろ。

「んっあああ。してない。勃起なんてしてない……あっあっあっ。ああ、だめ、主人に見られちゃう。んはあぁ。あああああ」

「くうぅ、梨沙さん。そら。そらそら、そらっ」

「あああああ」

昂《たか》ぶる未亡人に、いやでも嗜虐心が増した。莢《さや》から剝け、ぴょこりと飛びだすクリトリスをしつこく何度も擦過する。

そうしながら、ぬめるワレメに口を押しつけた。

熱い汁でもすするように、わざと下品な音を立てて、あふれる淫蜜を吸引する。

……ぢゅるぢゅるぢゅるぢゅる。

「あああ。あああああ」

(すごい興奮ぶり。おお、梨沙さん！)

膣穴とクリトリスへの二点責めに、未亡人は狂乱した。

気持ちがいいのだろう。どうしようもないのだろう。

気がふれたように身をよじり、よがり声をとどろかせる。ひとつにくくられた両手で、何度も畳を強くたたく。

どうやらアクメが近いらしい。イキたいというなら、喜んでイカせてやろうではないか。

「気持ちいいでしょ。旦那の前でこんなことされてると思うと、よけい興奮しちゃうでしょ。そらそらっ」

……ペロペロ。ピチャピチャピチャピチャ。れろれろ、れろん。

「きゃひいぃ」

すする責めから、またしても舐める責めへと変化させた。梨沙は艶めかしい悲鳴をあげ、アクメへのカウントダウンを加速する。

「あああ。ああああ。そんな……私はそんな女じゃ……ああ、あなた。あなたああ」

(な、なんかいいな、これ!)

迫真の苦悶ぶりを見せる未亡人に、責める亮二も燃えあがった。

暴れる両脚をつかみ、恥ずかしいガニ股にする。

たっぷりの唾液とともに猛然と、ぬめるワレメをなめしゃぶり、猥褻なクリ豆を擦って、擦って、擦りぬく。

「うああ。ああああああ。あなた、ごめんなさい。見ないで。こんな私見ないでえ。あああ。ああああああ」

……ビクン、ビクン。

「おおお、梨沙さん……」

ついに梨沙は絶頂に突きぬけた。

ようやく脚を解放してやると、捕獲された魚のように派手に暴れる。

右へ、左へ、また右へと、痙攣しながら身をよじった。黒いパンストに包まれた形のいい尻が、ブルン、ブルンと肉をふるわせる。

「ああ……ごめんなさい……あなた……許して……んああ……」

「梨沙さん……」

夫への謝罪の言葉は演技ではないだろう。

梨沙は本気で謝っている。こんな自分を恥じらい、苦しみ、亡き夫への罪の意識に押しつぶされそうになっている。

そんな哀れな未亡人に、亮二ももう限界だ。

立ちあがり、ボクサーパンツごとスラックスを脱ぐ。

ペニスはとっくに臨戦態勢になっていた。

ビンビンに勃起した規格外れの一物が、ようやくラクになったとばかりに、線香臭い仏間に飛びだした。

4

「ほら、梨沙さん。立って」

「あぁァン……」

梨沙の痙攣は、なかなか終わらなかった。しかし亮二も、もはや余裕がなくなっている。

梨沙はアクメのカタルシスから、まだ完全には抜けきっていなかった。そんな未亡人の手首からベルトをはずし、両手を解放する。

力の戻らない梨沙の手を取り、無理やり立たせた。やはり最後はこれしかないだろうと、仏壇の前まで未亡人を引っ立てる。

「……えっ。ま、待って。いやです、いやっ！」

梨沙は亮二の奸計《かんけい》に気づき、両目を剝いて拒絶した。

だが亮二にはもう、自分を止められない。

本当にいやなのか、それとも演技なのか、もう知ったことではなかった。残酷な陵辱者としての本分を、思う形で遂《と》げてやる。

「いやだろうがなんだろうが、これがいいんですよ、俺は」

「ああ、そんな。ああああ……」

力ずくで強要され、とまどってあらがいながらも、梨沙は足もとをふらつかせた。

まだなお力が戻りきっていない。

ちらちらと、その目は亮二の股間に向けられる。この人もまた「お兄さんより大きい！」と驚いてくれているのだろうか。

「あぁン、待って……待ってください……！」

まさに手取り足取りという感じで、梨沙の両手を仏壇の縁につかませた。

細い腰を両手でつかむ。

背後にヒップを突きださせる。

「あああ……」

梨沙は背すじをしならせ、天に向かってあごを突きあげた。

スカートがもとに戻りかけ、中途半端にヒップを隠す。亮二はスカートに手を伸ばすと、容赦なく腰の上まで豪快にめくる。

「ハアアァン……」

キュッと締まった形のいい尻が、亮二の真ん前に露出した。

ところどころが無残に裂けたパンストが、今この場でおこなわれていることの異常性を印象づける。

まる見えの女陰からは、したたる蜂蜜さながらに、粘りに満ちた牝シロップが糸を引いて長く伸びる。

「はぁはぁ……梨沙さん、もう待てないよ。あんただって……なあ、あんただってほんとは――」

言いながら、亮二は背後で挿入の体勢をととのえた。

上半身には、シャツとネクタイをつけたまま。息苦しさにかられ、ふるえる片手でネクタイをゆるめる。

反りかえった肉棒は、亀頭と腹部の肉がくっつきそうになっていた。そんな極太の角度を変え、ぷっくりとふくらむ鈴口を、未亡人の膣穴に押し当てる。

……クチュッ。

「アアァン、や、やめて……やめてください！　だめぇぇ……」

梨沙は声を上ずらせ、いやがってプリプリと尻を振った。こわばった美貌でちらり、ちらりと、仏壇に飾った遺影を見る。

「やめてくださいだって？　クク、嘘をついてもだめだよ、梨沙さん。ほんとはあんただって……」

ググッと腰を落とし、両脚を踏んばる。亀頭と膣穴をクチュクチュとなじませ、もう一度先っぽを押し当てる。

「あぁァ。いやあ……」

「あんただって……早くこうしてほしかったんだろ！」

――ヌプヌプヌプッ！

「ああああ」

梨沙は身体を硬直させ、あごを突きあげて派手に吠えた。二人の勢いを受けとめて、仏壇がガタリと大きく揺れる。

位牌が、香炉が、遺影がいっしょに揺れた。

梨沙はあわてて、仏壇の縁をつかみ直して揺れを止める。

（おおお……とろっとろだ……）

未亡人の胎肉に、根元までペニスを突き刺した。ヌルヌルとして温かな、膣洞ならではの快《ここ》さ《ろよ》に、亮二はうっとりと酔いしれる。

梨沙の媚肉は奥深くまで、たっぷりの潤みに満ちていた。その上、奥に行けば行くほど、隙間はいっそう狭隘なものになる。

（くぅ……）

ちょっと亀頭を動かしただけで、空恐ろしいほどの刺激がまたたいた。カリ首と膣ヒダが擦れあい、ゾクリと背すじに快感が駆けあがる。

「はうう……こんな……あの人が……あの人が……！」

夫の遺影がすぐそこにあるというのに、とうとう亮二とひとつにつながった。そんな自分に苦悶して、梨沙はあうあうとあごをふるわせる。

真っ赤に火照《ほて》ったその顔は、罪悪感にまみれていた。潤んだ瞳で眼前の夫の遺影を見つめている。

（おおっ……）

そんな梨沙の胸迫る姿に、亮二はますます昂ぶった。

ひょっとしたら、知ってはいけないタブーな快感を、自分は今、知ってしまったのかもしれない。

「ああ、あなた……ごめんね……ごめんね……ああ、あなたあああ」

「おお、梨沙さん！」

……バツン、バツン。

「あああ。むぶう。むぶぅん」

鳥肌が立つほどの興奮にあおられ、亮二はいよいよ腰を使いだした。細い腰をつかみ、しゃくる動きで腰を振っては膣奥深くまで亀頭をたたきこむ。

そんな亮二のピストンに、すかさず梨沙はあられもない声をあげた。

そしてすぐさま、片手を口に当て、漏れでてしまうはしたない声を必死に止めて、耐えようとする。

「うう、梨沙さん。気持ちいいでしょ。我慢しなくてもいいじゃない。素直になっちゃいなよ。そらそらそら」

……バツン、バツン、バツン。

「あああ。あああああ」

口に蓋など、そう簡単にできない。梨沙は朱唇から手を放し、獣じみた吠え声をひびかせる。

(こ、これは興奮する！)

亮二はしびれるような気分になった。

このシチュエーションは、相当刺激が強い。亮二は鼻息を荒げて腰を振り、うずく亀頭を膣奥深くに抉《えぐ》りこむ。

つきたての餅さながらの弾力とともに、粘りに満ちた子宮口が亀頭を受けとめ、キュッと包む。

(おおお……)

思いがけない強さで鈴口を絞られ、たまらず暴発しそうになった。亮二はあわてて肛門をすぼめ、射精の誘惑を回避する。

「はぁはぁ。梨沙さん」

ワンピースの背中に指を伸ばし、ファスナーを下ろした。肩から喪服をずらし、ブラジャーだけの姿にさせる。

「あぁン、そんな……あっあぁん、主人の前で……ハアァ……」

つづいてブラジャーのホックをはずし、小ぶりな乳房を丸だしにさせた。

露出した美乳は、Cカップ程度の大きさだろう。

ほどよい大きさのおっぱいは、まるで伏せたお椀のよう。淡い桃色の乳輪が、しこり勃つ乳首をいやらしくいろどる。

「ああああああ」

「はぁはぁ……おお、やわらかい乳……はぁはぁはぁ……」

「あああン。はああぁン」

亮二は背後から手を回し、梨沙の柔乳を鷲づかみにした。未亡人の乳房はとろけるような柔和さとともに、じっとりと汗で湿っている。

興奮のせいか、それとも激しい動きの連続によるものか。乳だけでなく、背すじにもうなじにも、汗の微粒を滲ませている。

「やっぱり卑猥な未亡人さんだ。なんだかんだ言いながら、こんなに乳首も勃起させて。そらっ……」

……スリッ。

「ヒイイィン」

もにゅみにゅとおっぱいをまさぐりつつ、伸ばした指で乳芽を擦った。

梨沙の過敏な肉体は、もうそれだけでビクビクと激しく痙攣し、彼女は恍惚の面持ちで天をあおぐ。

「あああ……」

「いいんでしょ、梨沙さん。んん？　オマ×コに、ち×ぽを挿《い》れたり出したりされながら乳首にいたずらをされると、どうしようもないんでしょ？　うりうりっ」

……スリスリスリッ。スリスリスリスリッ。

「はああぁん。あっあっ……い、いや、困る……ああ、そんな……んああっ、どうしよう……こんな、こんなことって……あああ。あああああ」

「り、梨沙さん。梨沙さん！」

「あああああ」

とろ蜜まみれの狭隘な胎肉に、一気に亀頭のうずきが増した。どんなに我慢をしようとしても、そろそろ限界のようである。

汗ばむ乳房から手を放した。

いよいよラストスパートの体勢になる。美女の細い腰をつかみ、怒濤の勢いでカリ首を、子宮口へと連打、連打で抉りこむ。

――パンパンパン！　パンパンパンパン！

「うあああ。ああ、すごい。すごいすごいすごい。どうしよう、あああ。ち×ちん奥まで。すごい奥まで。ああああ」

エスカレートしたピストンに、梨沙も狂乱のボルテージを上げた。いちだんととり乱した声をあげ、亡夫の前で犯される被虐の快感に我を忘れる。

ぐちゅる、ぬぢゅると肉壺が、粘りに満ちた汁音をひびかせた。

性器がつながる部分を見れば、白濁しはじめた牝蜜が、泡立ちながら膣からあふれる。

亮二の猛る男根をヨーグルト色にぬめり光らせる。

「くうぅ、梨沙さん。そらそら、気持ちいいって旦那に言いなよ。ねえ、気持ちいいんでしょ」

ポルチオ性感帯を亀頭でグリグリと抉りながら、亮二は未亡人をあおった。

「あああああ」

前へ後ろへと身体を揺さぶられ、梨沙は爪先立ちの両脚をふるわせる。

両手で縁をつかんだ仏壇がガタガタと派手に揺れ、遺影がもう少しで倒れてしまいそうになる。

「ああ、どうしよう。おかしくなっちゃう。おかしくなるンンン。うあああああ」

梨沙は完全に、淫らな恍惚の虜《とりこ》と化していた。

亡夫への罪悪感をたきぎにし、紅蓮《ぐれん》の炎を燃えあがらせ、いやしい快楽を炎上させる。

「おかしくなるぐらい気持ちいいんでしょ。ほら、言いなよ、旦那に。ごめんなさいって。でも私、死ぬほど気持ちいいって」

そらそらそらっと、さらに亮二はガツガツと犯した。

「うあああああ。ああ、あなた。あなた。あなだあああああ」

最後の「あなた」は、すべての音に濁音がついたかのようだった。激しく揺れる遺影を見つめ、梨沙は今にも泣きそうになる。

しかしグチョグチョの蜜壺が、彼女の卑猥な本音のすべてをあまさず亮二に伝えてくる。

「気持ちいいんでしょ、梨沙さん。そうなんでしょ」

――パンパンパン！　パンパンパン！

「うあああ。あなだ。あなだあああ」

「気持ちいいんでしょ！」

「あああ。ああああああ。気持ちいいよう。気持ちいいよう。おかしくなっちゃうンン。あああああ」

とうとう梨沙は浅ましい本音を言葉にした。

明るく笑う夫の遺影に、唾を飛ばして語りかける。

「あああ。あなだ、気持ちいい。このおち×ちん気持ちいいの。ごめんなさい。こんな女でごめんなさい。でも気持ちいい。奥いいの。ああ、奥、奥、奥。あああああ」

（もうだめだ）

「そらそら、もう出すよ。旦那の前で中出しだ！」

亮二はそう言うと、クライマックスのピストンに入った。猛烈な速さでペニスを抜き差しし、未亡人の牝肉をほじくり返す。

カリ首とヒダヒダをしつこいほどに擦りあわせ、子宮口へと亀頭を突き刺しては、甘い悦びに酩酊する。

「ああ、そんな。それだけは。それだけはあああああ気持ちいい。それ気持ちいいあああああ」

亮二の中出し宣言にうろたえつつも、肉スリコギで膣をかき回される悦びに、梨沙は狂い泣く。

膣内射精までされようとしているのに、あらがうこともできないどころか、とろけるような多幸感に、完全に我を見失っている。

「うあああ。ああああああ」

「はぁはぁはぁ。梨沙さん」

ガタガタと仏壇が派手に揺れた。位牌が、リンが、香炉が揺れ、夫の位牌がもう少しで仏壇から飛びだしそうになる。

「ああ、気持ちいい。オマ×コ気持ちいいよう。いいよう、いいよう。もうイッぢゃう。イッぢゃうイッぢゃうイッぢゃうイッぢゃう。ああああああ」

「り、梨沙さん。出る……」

「あああ、あなた、ごめんなさい。でも気持ちいい。気持ちいい。ああああああっ！」

――どぴゅどぴゅどぴゅ！　びゅるるる！

ついに快楽の雷に、亮二は脳天からつらぬかれた。押し寄せる愉悦の荒波にどっぷりと呑みこまれ、錐もみ状態で回転する。

ゴボゴボと口から泡すらはくかと思った。

天地の感覚さえ喪失し、音もとどかない波の中で、肉体の丸ごとが亀頭になったようなエクスタシーにふるえる。

（あああ……）

ドクン、ドクンと陰茎が脈動し、大量のザーメンを撃ちだした。

天にも昇る爽快感。

何ものにも代えがたい解放感。

亮二はうっとりと天をあおぎ、溜まりに溜まった精液を放出する悦びに耽溺する。

脈打つ男根が、締めつける膣壁をあちらへこちらへと押し返しては、激しい勢いで白い汁をまき散らす。

「はうう……ああ……すごかった……あ、あなた……ほんとに……ごめんなさい……許して……許して……あああ……」

「梨沙さん……」

梨沙もまた亮二と一緒に達したようだ。

ようやく揺れの収まった仏壇を両手で支える。ビクビクと、くり返し身体を痙攣させ、膣内に精液を注がれる背徳感に酩酊しながら、今このときの悦びを、せつない思いで堪能する。

「ああ、中に……出されちゃった……いけないのに……この人の、前なのに……」

「ううっ……」

すみませんと言いかけ、あわてて言葉を呑みこんだ。

ここで謝ってしまったら、今までのプレイが水の泡ではないか、と思った。

（でも……心の中では、やっぱり謝っておきますね、梨沙さん。ほんと……ごめんなさい。ちょっとやりすぎましたか？）

心中で未亡人に謝り、遺影の中の亡夫にも詫びた。

これも人助けだとわりきったが、いずれにしても亡き夫には、頭を下げる必要があった。

「あン、ひどいわ……でも……でも……はあぁ……」

（あっ……）

亮二は陰茎を脈打たせ、禁忌な中出し射精の快感をなおもむさぼった。

そんな亮二に、梨沙はなにか言いたげだ。

しかし結局、なにも言わない。

そっと目を閉じ、大きく息を吸い――。

「あああ……」

幸せそうに微笑みながら、感無量にも思えるため息をついた。

第四章　兄嫁のしずく

1

「それにしてもよかった。義姉《ねえ》さんが無事に退院できて」

「ごめんなさい、いろいろと迷惑をかけて」

「そんな。迷惑なんて全然」

言いながら、亮二は亜由美に酒を勧めた。

手土産に買ってきた、ビールの五百ミリリットル缶だ。出番が来るまで冷凍庫に入れておいてもらったせいで、キーンと冷えている。

「あっ……わ、私はもうほんとに……」

「いいじゃない。体調が悪いわけじゃないんでしょ」

「そういうわけじゃないけど。ああ、亮二さん、ほんとにそれぐらいに……」

清楚な美貌を、色っぽい朱色に染めていた。

すでに二人で、缶ビール二本を空けている。

亮二にしてみればたいした量ではなかったが、亜由美は酒に強いわけではない。ちょっぴり酔いが回ってきているのかもしれなかった。

そんな亜由美を気づかいながらも、やはり亮二はとてもうれしい。

世界でいちばんたいせつな人が、元気に帰ってきてくれたのだ。もちろん全快である。

これがうれしくなければ、いったいなにがうれしいというのだろう。

(ほんとによかった)

ビールの酔いも手伝って、陽気な気持ちになっていた。

向かいの席で、「ああ、ほっぺたが熱い……」と言いながら、そっとグラスに口づける愛する兄嫁を盗み見る。

亜由美が無事に退院をして、今日で一週間。

快気祝いをしようと提案をすると、亜由美は自宅に招待してくれた。

手料理をふるまってくれるつもりでいると知り、天にも舞いあがる気持ちになった。

下心など微塵もない。

ただ純粋に、うれしかった。

そして今、亮二は美味なツマミの数々に歓喜しながら、あこがれの兄嫁と二人きり、リラックスした夕餉《ゆうげ》のときを楽しんでいた。

(相変わらず、きれいにしているな)

ビールを喉に流しこみながら、さりげなく室内を見渡した。

3LDKの分譲マンション。

今では亜由美が一人きりで、ここで暮らしている。

兄が存命中のころは、帰省するたび押しかけて、三人でわいわいとやったものだ。

二人で酒を酌《く》みかわしているのは、整然とととのえられたダイニングルームだった。アイランドキッチンがすぐそこにある。先ほどまで、そこで亜由美がてきぱきと、さまざまなツマミを用意してくれた。

「それにしても早いものね」

「……うん？」

やがて、しみじみとした口調で亜由美が言った。飲みかけのグラスを両手で包み、もてあそびながら見るともなく卓上を見る。

「早いって？」

「……亮二さんが戻ってきてくれて、もう七か月？」

「ああ……」

「戻ってきてくれてうれしかった。一時はどうなることかと思ったもの」

バタバタしていた往時を思いだすように目を細め、口もとに笑みを浮かべる。

そんななんでもない仕草が魅力的で、亮二はあわてて目を逸らし、こほんとひとつ咳払いをする。

「いや、俺は……義姉さんが新社長でもよかったんじゃないかって、今でも思っているけど」

亜由美が用意してくれたツマミを箸《はし》で口に運び、亮二は言った。

謙遜《けんそん》などではなく、心からの本音である。あの当時、同じ思いを意見として、引退していた父にも言った。

だが、そんな亮二に父親は言ったのだ——亮二を新社長にと進言しているのは、ほかならぬ亜由美なのだということを。

「そんな。私なんか全然だめ。一人じゃなにもできないわ」

亜由美は苦笑し、ゆるゆるとかぶりを振る。ビールの残ったグラスをテーブルに置き、ふうと小さくため息をつく。

「そんなことないじゃない。義姉さんほど、センターの仕事に精通して、テキパキと仕事ができる人はいないよ」

亮二はそんな風に兄嫁を持ちあげた。世辞のつもりは毛頭ない。これもまた、心からの本音である。

「ううん、だめよ、私なんかじゃ」

しかし亜由美は再びかぶりを振って否定した。

漆黒の髪は、背中まで届くストレート。

職場ではつねにアップにまとめていたが、オフタイムの今は、髪をほどいて背中まで流している。

エレガントなサマーニットのTシャツは、上品なホワイトカラー。そこに、アプリコットカラーの膝丈スカートをあわせている。

カジュアルな装いではあったが、いつもながらのセンスのよさを感じさせた。

仕事場ではいつもキリッとしている兄嫁の、こんなリラックスしたファッションを拝めるのも、親族ならではの特権だ。

「そうかな」

自分など社長の器ではないと言いはる亜由美に、首をかしげて亮二は言った。

「そうなの。ほんとにそうなの」

亜由美は何度もうなずき、テーブルに視線を向けながらも、どこか遠くに思いを馳せる顔つきになる。

「私なんて……」

ため息交じりに言った。

「えっ？」

亮二は聞き返す。ビールに口をつけようとした。

「……私なんて……あの人がいたから頑張れただけで……」

「――っ」

とたんに場がしんみりとした。口につけようとしていたグラスを、亮二は虚空で止める。

「義姉さん……」

「……」

「あの――」

「しっかりしろよって……なにをやっているんだって、いつもそばにいてくれる人がいたから、なんとかなっていただけで」

言葉の途中から、亜由美は感情を昂ぶらせた。それと同時に言葉は上ずり、最後はふるえて跳ねあがる。

「ううっ……」

「あっ……」

亜由美はテーブルに肘をつき、両手で顔をおおった。胸を締めつけられる慟哭の声が、白魚の指の向こうから聞こえる。

「な、泣かないでよ、義姉さん」

ふいに感情を露わにした兄嫁に、亮二はとまどった。

「ごめんね。ごめんね。いやだ、私ったら、どうしちゃったのかしら」

亜由美はあわてて取りつくろう。

顔から手を放し、おどけたように言った。両手であふれる涙をぬぐい、明るく笑ってみせようとするが——。

「ね、義姉さん……」

「ごめんね。ごめんね。どうしよう。うっ……」

こみあげる感情は、やはりセーブできなかった。

ボロボロと、次から次へと涙が出てくる。亜由美はクシャッと美貌をゆがめ、ふたたび「うっ……」と嗚咽する。

「そんなに飲んでいないのに。酔っちゃったかしら。でも、私……私……」

「ああ……」

またしても白い細指で小顔をおおった。聞く者の心をズシリと重くする泣き声が、二人きりのダイニングにひびく。

「ご、ごめんね……うっ……もうずいぶん経つのに、お酒が入ると、ときどきこうなるの」

えぐえぐとしゃくりあげながら、亜由美は亮二に謝った。

「いや、俺に謝ることはないけど」

亮二は目の前で手を振り、泣きむせぶ兄嫁を気づかった。

(義姉さん、やっぱり兄貴のことを)

亜由美の胸の内を思い知らされ、無力感にさいなまれる。

優一が生きているときは、もちろん亮二との彼我の差は明らかだった。亜由美が夫を心から慕い、愛していたことは間違いない。

しかし、すでに兄はこの世にいない。

それでもなお、亮二は兄に勝てない。愛するこの人の心には、今でも変わらず、優一がいる。

(ああ……)

自分の立場を思い知らされ、亮二は胸を締めつけられた。

だが、いずれにしても亜由美をほうってはおけない。自分なりに彼女をなぐさめてやりたかった。

「ごめんね、亮二さん……えぐっ……いやだ、飲みすぎちゃった……恥ずかしいわ、私ったら……」

しかし亜由美は必死に取りつくろい、椅子から立って駆けだそうとする。

「あっ……義姉さん、ま、待って」

亮二は亜由美を追おうとした。兄嫁につづいて椅子から飛びだし、亜由美に駆けよっていく。

もしかしたら亮二もまた、いささか酔いが回ってきていたのかもしれなかった。

「えっ……りょ、亮二さ——きゃっ」

「義姉さん、大丈夫。大丈夫だから」

「ああ……亮二さん……？　あぁん……」

涙にむせぶ熟女の腕をつかみ、グイッと自分に引きよせる。

ふいをつかれた兄嫁は、バランスをくずしてたたらを踏んだ。強い力で引っぱられ、足もとをもつれさせながら亮二の胸に飛びこんでくる。

「泣かないで」

「ああ……」

亮二は両手で、いとしい熟女をかき抱いた。

こんなふうに抱きすくめたのは、もちろんはじめてのこと。思いがけず手に入れた信じられない僥倖《ぎょうこう》に、亮二はカッと全身を火照らせる。

「亮二さん……」

「泣かないで、義姉さん……いや、違うな」

とまどっている感じの兄嫁に、亮二は言った。

「泣きたいなら、いっぱい泣いて。俺にぶちまけて」

「えっ」

「だって俺たち……お、俺たち……」

「……」

「きょうだいでしょ」

「はうう……」

亮二の言葉に、ゆっくりと亜由美から力が抜ける。いきなり抱きすくめられて驚いたものの、ふたたび安堵感をおぼえたらしい。

「亮二さん……えぐっ……亮二さん……」

「一人で抱えこまないで。俺がいるじゃない」

「うえっ……」

「泣けばいい。我慢しないで。こんな義姉さん、俺、見ていられないよ」

「ううう……」

（おおお……）

抱擁した亜由美の肢体のぬくみと感触に陶然となりながら、亮二は必死に平静を装った。

やはり自分も、思っていたより酔っているのだろう。いつもだったら臆してしまい、とてもではないが、こんな大胆なことはできなかった。

（ああ、義姉さん）

ようやくつかまえた。この手につかまえた——しびれた頭でぼんやりと、亮二はそう思った。

涙に濡れるいとしい人を見ていられず、とっさにとってしまった大胆な行為。決していやしい下心はなかった。

だが現実問題、熟れた肉体の体温と柔和さ、その弾力を肌に感じると、自分でも驚くほどの強い激情が臓腑《ぞうふ》の奥からせり上がってくる。

（当たっている……）

感無量の気持ちで、亮二は思った。

胸にグイグイと当たるのは、兄嫁の豊満なおっぱいだ。

ほの暗い気持ちでいつもこっそりと盗み見た、Ｇカップはあるはずのたわわな乳房。それが、得も言われぬ温かさとやわらかさをアピールしながら亮二の胸を圧迫する。

（えっ……ちょ……待て。待て、俺……ええっ？）

「亮二さん……えぐっ、うえっ……」

美貌の未亡人が感じたのは、義弟のやさしい気づかいだったか。

亮二の言葉に安堵しきったかのように、ますますせつない感情をあふれさせる。彼の腕の中でわなわなとふるえ、とうとう堰《せき》を切ったように――。

「うぇぇ……あなた……あなた……うぇぇぇぇ……」

亡き夫への想いを涙声で言葉にした。もうだめだとでも言うようにぐったりと力を抜き、亮二を抱き返して顔を押しつける。

（あああ……）

亮二はうろたえた。

世界でいちばん好きな人が、自分を抱き返してくれたのだ。

浮き立つなというほうが無理というもの。

だが同時に、亮二には分かっていた。亜由美が今、想っているのは亡き夫のこと。

亮二はその人の弟で、亜由美にとっては義弟でしかない。

分かっている。そんなことは分かっている。

しかし——。

（ああ、おっぱいが……ますます強く押しつけられる……！）

胸板に感じる乳房の感触は、いちだんと生々しいものになっていた。

まぎれもなく、これが本能というもの。股間がキュンと甘酸っぱくうずき、下着の中で肉棒が一気にムクムクと硬さを増す。

（ま、まずい。まずい、まずい、まずい！）

「ひぐっ、えぐっ……あなた……あなたぁぁ……えぐっ…………えっ？」

亮二のやさしさに心を許し、兄嫁はその腕の中で号泣しつづけた。

そんな亜由美のもっちりとした肉体を、亮二はさらにギリギリと力をこめて抱きしめてしまう。

それは、意識したものではなかった。

気づけばすでにそうしていた。

まずい、まずいと、うろたえる自分もいるのだが、心にブレーキをかけられない。

亡き兄に遠慮ができなかった。

知らなかったその裏の顔を知ってしまったからだろうか。

兄のしていたことはたしかに人助けかも知れないが、それでもやはり一つだけ言えることがある。

――義姉さんが可哀想じゃないか、兄貴。俺ならそんなことはしない、義姉さんが、俺に振り向いてくれたなら。

「……りょ、亮二さん？　あの……ああん……」

亮二の抱きしめかたは、すでに尋常ではなくなっていた。

泣き濡れる義姉を見かねて抱擁したという、そんな程度ではなくなっている。

(もうだめだ)

気づかれてしまったかもしれなかったが、もうこれ以上、亮二は自分をいつわれない。

「あ、あの……亮二さ――」

「ああ、義姉さん！」

「んむぅぅ……」

(やってしまった)

とうとう亮二は、越えてはならない一線を越えた。とまどう亜由美の小顔をあげさせ、すばやく肉厚の唇をうばう。

「むんぅ……⁉　ちょ……い、いや、待って……亮二さん……」

「んっんっ……義姉さん、ごめん。でももう……自分をごまかせない……」

「ええっ？　むあぁぁ……」

……ピチャピチャ。れろれろ。

動転した亜由美は、必死に両手を突っぱらせて亮二の拘束から逃れようとした。

いつもの亮二なら、あわてて兄嫁を解放したはず。

しかし今夜の亮二は、いつもの彼ではなかった。あふれ出す感情に抗しきれなかったのは、亜由美だけではなかったのだ。

2

「亮二さん、やめて……んっんっ……」

亜由美は美貌をゆがめ、柳眉を八の字にして亮二のキスをいやがった。

半開きにした唇の間から、熱くて甘い吐息が漏れる。そんな香《かぐわ》しい義姉の吐息に、何度も顔を撫でられた。

なんていい香りのする息なのだ。

同じ人間とは思えない。亮二はクラクラとした。

ここに亜由美がいる。

大好きな兄嫁がいる。

もう我慢はきかなかった。心のリミッターは完全にクラッシュした。

(義姉さん)

いやがられようと、暴れられようと、もはや亮二はもとの場所には戻れなかった。

右へ左へと顔を振り、亜由美の口に口を押しつけ、何度も吸って脳髄をとろけさせる。

……ピチャピチャ。ちゅう、ちゅぱ。

「むはぁ……亮二さん……」

「義姉さん……はぁはぁ……ずっと……ずっと好きだった……」

「ええっ？　んんむうゥ……」

亜由美は両目を見開いて、義弟を見返した。

亮二はそんな兄嫁に、さらにグイグイと口を押しつける。万感の思いに胸を締めつけられながら、思いの丈をぶちまける。

「好きだった……ほんとは兄貴が生きている頃から大好きだった……ああ、義姉さん……義姉さん……！」

「きゃあぁ」

こみあげるせつない激情は、気づけばいつしかどす黒い劣情へと変質した。

強い力で、亜由美を抱きしめる。

強く。強く。これ以上はないほどに。

そして――。

「きゃっ、亮二さん。あああ……？」

亮二は亜由美の手首をとった。強引に引っぱって歩きだす。

とまどった亜由美は抵抗するが、本気になった牡の力にかなうはずもない。

「ちょ……亮二さん……どこへ行くの……ああ……」

ダイニングから、リビングを抜けて廊下に出た。

何度も来ているマンションである。どの部屋をどう利用しているかぐらいは、とっくに分かっていた。

「えっ。ちょ、ちょっと待って！」

亜由美が引きつった声をあげたのは、亮二のめざす部屋が自分の寝室だと分かったからだ。

ズンズンと廊下を進んだ亮二は、亜由美の寝室——かつて兄嫁が夫と夜をともにした、夫婦の聖域の扉をノブをつかむ。

「ま、待って、亮二さん⁉　いやいや……待って……待って……ああ……」

扉には、もちろん鍵などかかっていない。

ノブを回してドアを開ける。

六帖ほどの洋室だった。窓には厚いカーテンが引かれている。

無人の寝室はオレンジ色の豆電球に照らされていた。

部屋のほとんどを占めるようにして、クイーンサイズの大きなベッドが置かれている。

あとは堅牢そうな洋服ダンスや亜由美のドレッサーがあるぐらいか。兄嫁の化粧品の香りが、むせ返る濃さでたゆたっている。

「りょ、亮二さん」

「ああ、義姉さん。だめだ、もう我慢できない」

「きゃあああ」

いやがって抗ういとしい兄嫁に蛮行をはたらいた。強引な力でかき抱き、もつれるようにベッドへと二人いっしょに倒れこむ。

「あぁぁん……」

ベッドのマットレスがはずみ、亮二と亜由美はバウンドした。スプリングが不穏にきしみ、いけないことをしている現実を否応なくつきつけられる。

「い、いや。だめ、亮二さん。こんなことしちゃ――」

「ああ、義姉さん」

亜由美はパニックだった。声を引きつらせ、かぶりを振ってベッドから跳ね起きようとする。

「だめだ、行かないで」

「あああああ」

そんな兄嫁をかき抱き、ベッドの上に押したおした。体重を乗せて覆いかぶさり、

「ああ、義姉さん」と訴えながら、白いうなじに吸いついた。

「きゃあああ」

……ビクン。

（えっ）

すると、思いがけないことが起きた。

亮二は白い首筋に、熱っぽく接吻をしただけだ。

たったそれだけのことなのに、亜由美は過敏な反応を見せる。激しく女体を痙攣させ、暴れ馬のように亮二を振り飛ばしそうになる。

「おお、義姉さん……」

亮二は感激しながら、なおも暴れる兄嫁に体重を乗せた。

知らなかった。自分の愛するこの人は、意外に敏感でいやらしい肉体の持ち主のようである。

「は、放して。お願い、亮二さん。放して！　亮二さんがこんな人だったなんて」

「義姉さん！」

……チュッ。

「ああああ」

暴れる兄嫁を拘束し、もう一度白いうなじにキスをした。するとまたしても、亜由美は電気でも流されたような反応を見せる。

ビクビクと、派手に全身をふるわせた。

しかも、明らかにうろたえている。

知られたくない禁忌な秘密を、知られてしまったとでも言いたげな様子だ。

「りょ、亮二さん。放しなさい。私、本気で大声――」

「義姉さん、愛してる。愛してる」

……ピチャピチャピチャ。

「あああ。あああああ」

万感の想いとともに、亮二は兄嫁をかき抱いた。

こんな流れで愛の告白をすること自体、間違っているのかもしれない。

だが亜由美を想う気持ちに、嘘偽りは微塵もなかった。いっときのつまみ食い程度の気持ちで、操《みさお》を穢《けが》そうとしているのではない。それだけは分かってほしかった。

「義姉さん、ほんとなんだ。愛してる。俺のこと、もっと見てほしい。んっ……」

……チュッ。

「うあああぁ」

……ピチャピチャ。れろれろれろ。

「うああぁ。ああ、だめ。や、やめて。そこ、やめて。だめ。だめだめだめ……」

今度は反対側のうなじに、熱っぽくむしゃぶりついた。

うなじが性感帯なのか。反対側のうなじに吸いついても、やはり亜由美は過敏な反応をする。

いや、敏感なのはうなじだけではないはずだと亮二は浮き立った。

もしかしたらこの人は、どこもかしこも敏感すぎる、いやらしい肉体の持ち主なのではないだろうか。

「くぅう、義姉さん」

「あああン」

上品さを感じさせるサマーニットのTシャツを強引にめくりあげた。

そのとたん、たゆんたゆんと重たげに弾みながら、亮二を魅了しつづけた豊満な乳房が露わになる。

おっぱいを包んでいたのは、花柄をあしらった上品なブラジャー。カップの大きさは、間近で見るせいもあり、かなり大きい。

そんな花柄のカップの中で、魅惑のふくらみが揺れ躍った。いっしょに動くブラジャーがカサカサと乾いた音を立てる。

「や、やめて。お願い、亮二さん。誰か……誰かあああ」

「くっ……！」

思いの丈のすべてをこめる愛の行為のはずなのに、亜由美に助けを求めさせるようなことしかできない。

やはり愚行以外のなにものでもないのだろう。

しかしそれでも、亮二は暴走をする。

ブラカップの下の縁に指を引っかけた。そしてそのまま、今度は一息に大きなカップを鎖骨《さこつ》のあたりまでずりあげる。

――ブルルルンッ！

「いやあああ」

「おおお、義姉さん」

大迫力の麗乳が、とうとうエロチックな全貌をさらした。

皿に落としたプリンのように、やわらかそうな乳塊が、あちらへこちらへとおもしろいほどいやらしく揺れる。

「うわあ、ね、義姉さん。すごい乳輪」

網膜に飛びこんできた鮮烈な眺めに、亮二はたちまち息苦しくなった。

雪のように白い色合いと、セクシーなまるみを見せつける乳房の先には、予想もしなかった眺めがある。

これはいわゆる、デカ乳輪ではないか。目を見張るほど大きな円を描く卑猥な乳輪が、こんもりと白い乳から盛りあがっている。

しかもその色は、西洋人顔負けの艶めかしいピンク色。

ムチムチと肉感的な豊熟ボディとピンクのデカ乳輪のとりあわせが、なんともいえず猥褻である。

3

「い、いやああ。は、恥ずかしい。見ないで、亮二さ――ああああ」

「おお、やわらかい！　はぁはぁはぁ。いやらしい。義姉さんがこんなデカ乳輪の持ち主だったなんて……」

「あああ、だめ、だめだめ。あああああ」

……もにゅもにゅ。もにゅ。

誘うようにはずむたわわなおっぱいを、亮二は両手でわっしとつかんだ。

思っていたとおり、魅惑の双乳はとろけるようなやわらかさだ。その感触に恍惚としながらも、ネチネチとせりあげては揉む卑猥な揉みかたで、亮二は何度も兄嫁のたわわな乳房を揉みこねる。

頂をいろどる、見事なデカ乳輪に見とれながら。

「はぁはぁ。はぁはぁはぁ」

「ああン、やめて。揉まないで。揉んじゃいや。あああん」

「い、いやらしいデカ乳輪。ち、ちち、乳首もこんなに大きくて。んっ……」

……れろん。

「きゃあああ」

「おお、義姉さん……」

たまらなくなり、乳を揉みながら片房の乳首をひと舐めした。

乳輪に負けじとばかりに、大ぶりな感じのする乳首だが、今はまだ勃っていない。

それでもやはり亜由美の身体は敏感だ。

軽く舌を擦りつけただけで、亜由美はとり乱した声をあげ、またもセクシーな暴れ馬になる。

「やめて。だめ、亮二さん、だめえええ」

「はぁはぁ。すごく敏感なんだね、義姉さん。ああ、ゾクゾクする。兄貴はいつもこんなすてきなおっぱいを、こんなふうに……」

……れろれろ。

「あああああ」

「こんなふうに。こんなふうに」

……ぺろん。れろれろ。

「うああ。だめ。舐めないで。あっあっ」

「こんなふうに毎晩してたの？　うらやましい。んっんっ……」

……れろれろ。れろれろれろ。

「あっあっあっ。あっあっあっあっあっ！」

(たまらない)

過敏な反応を返してくれる兄嫁に、淫らな興奮をおさえきれなかった。

亮二はなおもねちっこく、二つの乳をしつこいほどに揉みながら、両方の乳首を交互に舐め、どちらも唾液でベチョベチョに穢す。

乳首はどちらもムクムクと一気に硬度と大きさを増した。

気泡のような粒々をいくつも浮かべるデカ乳輪の真ん中に、蜜さながらの唾液をまとい、卑猥にしこり勃っていく。

「はぁはぁ……義姉さん、お願いだ。分かって」

夢のような状況ではあった。

だが同時に、罪悪感も相当だ。言っても無駄かもしれなかったが、誤解だけはされたくない。

「りょ、亮二さん」

「好きなんだ、義姉さん。嘘じゃない。ずっとずっと好きだった。どうしていいか、分からなかった」

「はうう……あああん……あっ——あああああ」

片房の頂にむしゃぶりつき、勃起した乳首をそっとかじった。

もう一方の乳首は指でスリスリとあやしながら、ソフトな甘噛みでくり返し、快楽のさざ波を女体に注入する。

「ハアァァン、亮二さん……」

……カジカジカジ。

「あああん、ああ、困る……そんなことされたら……ああああ……」

「兄貴がうらやましかった。義姉さんの心も身体もひとり占めして。でも義姉さん、ねえ、もう兄貴はいないんだ。もう帰ってこないんだよ」

……カジカジカジ。カジカジカジ。

「うあああ。ああ、亮二さん。あ、あなた。あなた。あなたあああ。ごめんなさい。ごめんなさい、私……私⁉　あああああ」

兄嫁の乳に、ぶわりと大粒の鳥肌が立った。

感じているのだ。それはもう相当なまでに。

さらに感度を全開にして、いよいよおかしくなってきてくれた。だがそれは、亜由美にとっては亡夫への裏切り以外のなにものでもない。

「あなた。あなたあああ」

「もうやめて。兄貴のことは忘れて、義姉さん。ねえ、俺じゃだめかな。こんなに義姉さんのこと、愛してる。あ、兄貴より義姉さんを愛せるし、大事にできるって自信もある。俺が兄貴を忘れさせてやる」

嘘ではないと、胸を張って言えた。

神に誓おう。

亜由美さえこの胸に飛びこんできてくれるなら、自分は優一がしていたような内緒の人助けなど二度としない。

「はうぅン、亮二さん……でも……でも——」

執拗な乳首舐めとおっぱい揉みに、くなくなと身をくねらせながら、それでも亜由美は悲愴な声をあげた。

「やっぱり……やっぱり私は……優一さんのことを——」

「いやだ。忘れて、義姉さん。お願いだから」

なおも亡夫に固執する、いとしい兄嫁に悲しみがつのった。

なんとしても、彼女の心がほしかった。

兄への想いを引き剝がしたかった。

屈折したせつなさと、何とかしなければという思いにかられ、亮二はすばやく身体の位置をずらす。

そして、亜由美のスカートの中に手を入れた。

「きゃあああ」

「義姉さん。兄貴を忘れて。お願いだから俺を見て。愛してる。愛してる」

「ああ、やめて。だめ。あああ。ああああああ」

亮二の指がとらえたのは、パンティ越しの亜由美の陰部。

激しい動きの連続のせいで、兄嫁のそこはすでに汗っぽく湿っていた。

亮二はクリトリスとワレメにあたりをつけ、パンティ越しにスリスリと未亡人の局部を緩急をつけてねちっこくあやす。

……くにゅ。くにゅくにゅ、くにゅ。

「あああ。や、やめて、ああ、それだめ。それだめ。あああ。あああああ」

「あ、愛してる。義姉さん、愛してる。ねえ、俺のこと好きになれない？　兄貴なんかよりたいせつにする。嘘じゃない。約束する」

「あああ。あああああ──きゃっ、亮二さん。うあああ」

いやがって身をよじろうとする亜由美の機先を制した。

亮二は強引に、パンティの縁から中へと指をすべりこませる。亜由美の秘丘は、やはり淫靡な汗の湿りを帯びていた。

艶めかしい湿気を指先に感じながら、亮二は指を下降させ、陰毛の茂みに飛び込ませたかと思うと──。

「あああああ」

モジャモジャした繁茂をくぐり抜け、じっとりと湿った突起に到達した。

間違いない。クリトリスだ。

強制的にしこり勃たせた乳首と同様、股間の繊細な肉突起も、莢から剝けてぴょこりと勃っている。

4

「義姉さん、愛してる。ねえ、俺の気持ち分かって」

……くにゅくにゅ。

「うあああああ」

(ああ、すごい声)

……くにゅくにゅくにゅくにゅ。

「あああ。だ、だめ。ああ、そんなことされたら……そんなことされたらああ」

「義姉さん。感じて。義姉さんが好きだ。もう我慢できない」

「うあああ。あああああああ」

亮二は兄嫁のクリトリスをなぶり、不意打ち同然にワレメも擦りあげた。

亜由美の肉割れは、すでに淫らにぬめりかけていた。指であやせばねっとりとした愛蜜の潤みがまつわりつく。

この感じかたは、やはり尋常ではない。

そう。これはもはや。

——痴女。

そんな言葉が脳裏を駆けぬけた。

（本当か）

亮二は昂ぶり、感激する。

自分が愛したこの人は、ひょっとしてこんな清楚な顔をして、じつは痴女だというのだろうか。

「ああ、義姉さん」

「きゃっ」

衝《つ》きあげられるような劣情に支配された。亜由美はいやがって激しくあらがう。

「はぁはぁ、義姉さん」

「いや。やめて。だめだめ。いやあ……はぁはぁはぁ……」

それはガチンコの抵抗だった。

未亡人の梨沙とのレイプまがいのセックスはあくまでもプレイだったが、亜由美とのものは本物の陵辱になってしまうのか。

世界一好きな人への感情の吐露が、レイプになってしまうだなんて、こんな理不尽なことがあるだろうか。

それでも亮二はやめられない。

いやがって身をよじる兄嫁に有無を言わせず、二本の指を蜜湿地に一気呵成に挿入する。

――ヌプッ。ヌプヌプヌプッ！

「あああああ」

未亡人は哀切な声をあげ、背筋をのけぞらせた。指とはいえ、とうとう禁忌な肉沼に、義弟の身体の一部を受け入れてしまう。

初体験のぬめり肉は、奥の奥までたっぷりと卑猥な潤みに満ちていた。

その上、亜由美の胎肉は、飛びこんできた異物におもねるかのように、波打つ動きで緩急をつけて蠢動する。

（おおお、いやらしい）

「はぁはぁ……義姉さん……濡れているよ。義姉さんのオマ×コ、もうこんなに――」

「言わないで。言わないで。ああ、だめ。い、いやらしい女なの。私は亮二さんが思ってくれているような、すてきな女なんかじゃない。あっあっ。あっあああ」

「――っ。はぁはぁ……義姉さん。義姉さん」

……グチョッ。

「うああ。ああ、動かさないで。お願いだから。あああ。あああああ」

「はぁはぁはぁ」

……グチョグチョ。ズチャッ。

「ああああ。どうしよう。いや、困る。困る困る。ああああああ」

激情に身を任せ、愛する熟女の蜜壺の中で指を挿《い》れたり出したりしはじめた。

そのたび魅惑の肉割れからは、情欲をそそる汁音が粘りを帯びて淫靡にひびく。

「あああ、いやあ。そんなことされたら無理。無理無理無理無理。気持ちよくなっちゃう。だめなのに、そんな女じゃだめなのに。あああああ」

「ああ、義姉さん。こ、興奮する！」

真綿で首を絞められるようなとは、まさにこのこと。

責めたてているのはこちらなのに、亮二まで息苦しさが増し、心臓がバクバクと激しく鳴る。

「ああ、そこだめ。だめなの、だめだめ。あああああ」

グチョグチョとあだっぽい粘着音をひびかせ、ぬかるむ蜜洞をほじくり返す。

カギのように指を曲げ、ざらつく部分に指の腹を擦りつけていた。

間違いなく、Gスポットのはずだ。

そこをしつこく擦れば擦るほど、さらに亜由美は我を忘れ、これまでに見せたことない、ケダモノじみた姿をさらす。

「あああ、やめてよう。やめてよう。お願いだから、こんな私にさせないで。うああああああ」

「はぁはぁ……ああ、義姉さん。義姉さん！」

……グチョグチョグチョ。ネチョネチョ。

「うあああ。や、やめて、やめてやめてやめてお願いィイン。一周忌も終わっていないの！　私はあの人の女なの……こんな女でも、あの人の女なの！　あああ」

「義姉さん……」

やはり亜由美は、とても敏感な体質だった。

亡き夫への想いを持てあましながらも、いやらしい自分の身体に嫌悪と恥じらいをおぼえ、コンプレックスを抱きながら生きていたようだ。

亮二はもうたまらなかった。

「そ、そんな義姉さんが大好きだ。どうしよう、ますます好きになっちゃったよ。義姉さん、俺のものになって。たいせつにする。本当にたいせつにする！」

「あああ。ああああああ」

激しい手マンに、亜由美はもはや、いつもの亜由美ではなくなっていた。

気がふれたようにベッドの上で女体をくねらせ、耽美な快感に艶めかしくその身をのたうたせる。

楚々とした美貌が真っ赤に火照っているのが、豆電球の下でも分かった。奥ゆかしい美貌を引きつらせ、あんぐりと開いた口から唾液を飛びちらせる。

指でかき回す蜜壺は、亜由美の気持ちとは裏腹にさらにヌチョヌチョと大量の愛液をあふれさせた。

その上、さらに粘りも強くなり、亮二の指にねっとりとまつわりつく。

「ああ、だめ……私はあの人の女なの……今でもあの人の……あの人のおおおおあああ気持ちいい気持ちいい。ああああ」

「おおお、義姉さん。義姉さん！」

……グチョグチョグチョ！　グチョグチョグチョ！

「あああ。もうだめ。我慢できない。こんなことされたらおかしくなる。あああああ」

いよいよ亜由美はアクメへと一気に上昇を開始した。

日ごろの慎ましさやおっとりとした雰囲気をかなぐり捨て、一匹の獣になって生殖器を蹂躙《じゅうりん》される悦びに溺れる。

「はぁはぁ……イッて、義姉さん。我慢しなくていいんだ。生きているんだ。俺も義姉さんも生きているんだ！」

「ああん、亮二さん。亮二さあああん」

「そらそらそら。そらそらそらっ！」

……グチョグチョネチョネチョ。グチョグチョグチョ！

「うああああ」

「はぁはぁはぁ」

亮二は鼻息を荒げ、淫肉のざらつく部分を何度も執拗に擦過した。亜由美の女陰は悲鳴をあげるかのように、粘りに満ちた卑猥な蜜音をとどろかせる。

「あああ。気持ちいいの。気持ちいい、気持ちいい。もうだめ。だめだめだめぇぇ」

「おお、義姉さん……」

「うあああ。ああああああああっ！」

……ビクン、ビクン。

「おおお……すごい、義姉さん……」

稲妻さながらの電撃が、ついに脳天から亜由美をつらぬいた。

亮二は兄嫁の膣からズルリと指を抜く。愛液まみれの浅黒い指が、ポタポタと汁をしたたらせた。

「はうう……はううう……」

「おおお……」

亜由美は右へ左へと身をよじり、激しい痙攣をくり返す。

奥歯を嚙みしめ、白い首筋をあだっぽくひきつらせた。細めた双眸は妖しく潤み、瞳は焦点を失っている。

「あっ、ああ、いや……見ないで……こんな……こんな私……お願い……うぅ……」

「義姉さん……」

亜由美はギュッと両目を閉じ、なおも色っぽくうめいた。閉じた瞼の間から、涙の玉が絞りだされる。

「りょ、亮二さんの……ばか……ばか、ばか……私には、今でも……あの人が……」

「義姉さん。くっ……」

亜由美の痙攣はなかなか終わらなかった。鼻をすすり、涙をあふれさせながら、なおもビクビクと、艶めかしく身体をふるわせる。

そのたびたわわなおっぱいが、白い乳肌にさざ波を立てていっしょに揺れた。つんととがった乳首から、粘る唾液が糸を引いて飛びちる。

「こ、こんな……いやらしい女でも……心の中にまだあの人がいるの……そんなに簡単に……忘れられない……はうう……」

「ううっ……」

淫乱な身体に苦悶しつつも、亜由美はそう言って心情を訴えた。

亮二のペニスは、ズボンの中でとっくにビンビンになっている。だがこんな言葉を聞いてしまったら、これ以上先には進めなかった。

複雑な思いで、痙攣をくり返す兄嫁を見つめる。

亮二は、ゆっくりと猛る勃起をしおれさせた——。

第五章　痴女と化す淑女

1

「りょ、亮二さんの気持ちは、うれしいけど……」

気づかわしげに、亜由美は言った。

しっとりとした和装の喪服姿。濡れたように艶めく黒髪を、アップにまとめて白いうなじを露わにしている。

亮二と兄嫁は、二人きりで彼女のマンションにいた。

仏間である。障子で閉ざした掃き出し窓からは、午後の日差しが燦々《さんさん》と差しこんでいた。

畳敷きの六畳間の一角に、大きな仏壇が鎮座している。明かりのつりられた仏壇の中から、亡き兄の遺影がこちらを見ていた。

部屋は線香の煙がただよい、しめやかな雰囲気に満ちている。

喪服姿の亮二は、端座した兄嫁と対しながら、未亡人の梨沙との熱いひとときをデジャブのように思いだしていた。

季節はとっくに変わっていた。

暑かったあの夏は過ぎさり、戸外には冷たい風が吹いている。正月気分もとっくに抜け、誰もが毎日きびしい寒さに肩をすぼめて生きていた。

兄、優一の一周忌が終わったのは、そんな一月半ばのある日のこと。

今日ばかりは仕事もオフにさせてもらい、亜由美と二人、セレモニーセンターをそうそうにあとにした。

——しっかりね。

仕事場を去り際、こっそりと耳打ちをしてきたのは幼なじみの麻央だった。

麻央には亜由美とのあれこれを、隠すことなく話していた。

顧客の未亡人たちとの情交まではさすがに告白できなかったが、亜由美とのことだけは話しておくのが義務だと思った。

そんな亮二の気持ちと、ここまでの亜由美とのいきさつを知った上で、麻央はウィンクをしながら、こっそりとささやいたのだった。

幼なじみに言われるまでもなかった。

亮二もまた、今日が勝負だと自分に発破をかけていた。

思いがけず、亜由美ととんでもない展開になったあの夏の夜だったが、残念ながらそのあとは、今日にいたるまで進展はなかった。

もちろん折にふれ、亮二は自分の想いをくり返し亜由美に訴えた。だが亜由美は、決して義弟の求愛を受け入れようとしなかった。

——分かったでしょ。私はああいう女なの。亮二さんの思ってくれるような女じゃない。それに、悪いけれど私には、やっぱり今もあの人がいる。

そうした言葉が、終始一貫して亜由美から返ってくる答えだった。

しかしそれでも亮二はあきらめず、熱い想いを言葉にしつづけた。結婚してほしいとプロポーズまでした。

だがやはり、亜由美は首を縦に振らなかった。

そして結局、亮二と亜由美は亡き優一の一周忌当日を迎えた。

——法要のあと、義姉《ねえ》さんの最終的な返事を聞かせて。それを聞いたら、本当にもう最後にする。

亮二はそう言って、亜由美におのれの運命をたくした。

清楚な兄嫁は困ったように美貌をこわばらせたものの、結局は亮二に応じた。

――本当に、それで最後にしてくれるというなら。

ふるえる声で、申し訳なさそうに言って。

「亮二さんの気持ちはうれしいけど……」

畳に端座し、申し訳なさそうにうなだれて、美しい未亡人は言った。

「………」

亮二も正座をしたまま、亜由美をじっと見る。亜由美はうつむき、ごめんねというように頭を下げた。

「やっぱり私、あの人が忘れられないの」

亮二は目を閉じた。

握りしめていた拳に思わず力が入る。

予想どおりの返答だった。今日までの亜由美の言動を思い返せば、どう考えてもこれ以外の返事などしてもらえるはずもない。

そう。どこまでも予想どおり。

そういう意味では、覚悟もできていた。

しかも、亮二はすでに「その先」にいた。

「ごめんね。亮二さんの気持ちは、ほんとにうれしい。私みたいな女を、そんなふうに思ってくれて。でも」

亜由美が顔をあげた。

柳眉を八の字にゆがめている。真摯なまなざしは哀切ささえ感じさせた。

「やっぱり、亮二さんの気持ちには応えられない」

「義姉さん……」

「忘れられないの。まだ一年しか経っていないんだもの。それが当たりまえじゃないかし――」

「言ったでしょ」

亮二は未亡人の言葉をさえぎった。

気圧されたように、亜由美は言葉を止める。

「えっ……」

「言ったでしょ、義姉さん」

「りょ、亮二さん」

「……」

二人は無言で見つめあった。やがてようやく亜由美が問いかけてくる。

「あの……なんのこと」

「忘れさせてあげる」

「……えっ？」

「俺が……俺が忘れさせてやるって」

亮二はすっとその場から立ちあがった。

「――っ。亮二さん」

ギョッとして、亜由美は亮二を見あげる。そんな兄嫁に亮二は言った。

「何年だって待つよ。俺のこと、好きになってくれるまで何年だって待つ」

そしてじりっと、間合いをつめた。

「ひっ……！　亮二さん、だめ……」

不穏な気配を感じたのだろう。

亜由美は後ずさり、たちまち美貌をこわばらせた。だが亮二は、そんな亜由美にさらに言う。

「だから……だから――ああ、義姉さん、俺もう我慢できない！」

「ひいぃ」

身をすくめる未亡人に有無を言わせなかった。亮二はすばやく喪服の美女に躍りかかる。

「きゃあああ」

「義姉さん。ああ、義姉さん」

「りょ、亮二さん。ああ、そんな……話が違う！　いや。いやあ……」

亮二の腕の中で、亜由美は激しく抵抗した。だがもはや、こうする以外亮二にすべはない。

うぬぼれ野郎と、笑わば笑えと思った。

この人は怖がっているだけだと確信している。心底亮二がいやならば、こんなふうに二人きりになど絶対になるはずがないではないか。

「やめて。だめぇぇ……」

「義姉さん、俺、待つから」

「亮二さん」

「じじいになるまで待ってもいい。義姉さんが俺を受け入れてくれるまで、ずっとずっと待ちつづける」

「ああああ」

暴れる兄嫁をかき抱き、自分の思いを訴えた。足がもつれ、二人して畳の上に倒れこむ。

亮二はとっさに、亜由美をかばった。身を挺《てい》して彼女を守り、自分から先に畳に倒れる。

「──っ！　りょ、亮二さ……むあぁ」

「愛してる……んっんっ……義姉さん、愛してる」

「んああっ、りょ、亮二、さん……むんあぁ……」

……ちゅぱちゅぱ、ちゅうちゅぱ。

亮二の身を案じ、亜由美は心配そうに彼を見た。亮二はそんな兄嫁を抱きすくめ、強引にその朱唇をうばう。

ぽってりとした唇は、とろけるようにやわらかかった。亮二は鼻息を荒くして、亜由美の口をむさぼり吸う。

「むはぁ……んっんっ、アン、亮二さん……」

「亮ちゃんって呼んで、義姉さん。亮二さんなんて、他人行儀な呼びかたじゃなくて。んっんっ……」

「ハァアン、だめ、むあぁ……」

亜由美はいやがり、右へ左へと顔を振った。

しかし亮二は許さない。肉厚の朱唇に吸いついて、亜由美の口中に舌を差しこむ。

「んああ、だめ、だめだめだめ……んんぅぅ……」

「義姉さん、舌出して。お願い……」

「亮二さん……いけないわ、私はあなたのお兄さんの……」

「お願い、お願い……」

「んんんっ」

亜由美はギュッと目を閉じ、同時に口を強く結ぶ。亮二はそんな兄嫁の朱唇を割り、口中へと舌を差し入れようとする。

きれいに並んだ白い歯が、亮二の舌を通せんぼした。

亮二は亜由美の歯茎へと舌を突っこむ。右から左、左から右へと、何度も何度も舌を往復させ、歯茎と歯列を舐めしゃぶる。

「むはぁぁ……りょ、亮二、さん……あああ……」

「亮ちゃんって。義姉さん、亮ちゃんって。お願い、舌ちょうだい……」

亜由美の鼻の下の皮は亮二の舌のせいで盛りあがり、清楚な美貌が惨めにゆがんだ。

亮二の熱烈な舌責めに、いつしか亜由美の双眸は、次第にとろんと妖しさを増してくる。

「はぁはぁ……はぁはぁはぁ……りょ、亮二、さん……あああ……」

「亮ちゃんって。義姉さん、亮ちゃんって。お願い、舌……義姉さん、愛してる」

……ピチャピチャ。ねろねろ、ねろん。

「むはぁ……亮二……りょ、亮二……りょ……」

「愛してる。義姉さん、愛してる。待つから。いつまでだって待つから。待つから」

「あああ……」

亜由美の白い歯と歯茎が、亮二の唾液のせいでヌチョヌチョになった。亮二の唾液は淫らな大小のあぶくとともに、未亡人の口からブクブクとあふれる。

「ハアァン、だめなの、だめぇぇ……」

「義姉さん。義姉さん、義姉さん、義姉さん。ああ、義姉さん！」

「んああ、りょ、亮ちゃん……ああ、亮ちゃん！」

……ネチョ。

(おおおおっ！)

……ピチャピチャ、ピチャピチャ。れろん、れろれろ。

「ああ、どうしよう……私ったら、こんな……こんな……むはぁぁ……」

「おお、義姉さん……んっんっ……」

とうとう亜由美は口を開いた。

ローズピンクの舌を差しだし、亮二の舌に自ら舌をまつわりつかせる。しかも、とうとう亜由美は、亮二のことを「亮ちゃん」と呼んだ。

2

「おお、義姉さん。んっんっ……」

楚々とした美貌が崩れてしまうのもいとわず、亜由美は思いきり舌を突きだし、亮二と下品なベロチューにひたった。

ローズピンクの長い舌は、先の部分が艶めかしくとがっている。

そんな舌が亮二の舌に擦れるたび、股間がキュンと甘酸っぱくうずいた。

礼服用のスラックスの下でペニスが膨張をはじめ、痛みすら感じるほど股間の布を突っぱらせる。

「あぁン、どうしよう……だめなのに……義理の弟と、こんなことしちゃだめなのに……むはあぁ……」

「くぅ、義姉さん……義姉さん！」

……ピチャピチャ。ねろねろねろ。

「あああああ」

亮二は熟女から舌を放す。喪服に包まれた肢体を下降した。激しい動きの連続で、喪服の裾が乱れている。

蹴出しはおろか、ムチムチした脚の一部まで露わになっていた。そんなエロチックな脚を見ただけで、亮二はますます身体が熱くなる。

「おお、義姉さん」

「アアァン」

乱れた喪服の裾を、下にある肌着とともにめくりあげた。

(うおおおっ！)

露わになったのは、もっちりと健康的な太腿と、やわらかそうに盛りあがるヴィーナスの丘。

秘丘には、ベージュ色のパンティが食いこんでいた。

サイズ違いの下着を着けているのではないかといぶかりたくなるほど、ギチギチ感が半端ない。

高価そうな生地は、シルクではないだろうか。

絹の下着が吸いつくように覆うなか、ベージュのパンティを押し返すように、ジューシーな肉土手がこんもりとふくらんでいる。

（たまらない。あっ……）

「い、いけないわ。やっぱりだめ。そこにあの人が……」

兄嫁は、決壊しそうになる身体と理性がせめぎあっているようだった。我に返ったようになり、あわててその身を反転させる。

四つんばいになり、立ちあがろうとした。

亮二はそんな兄嫁の背後に起きあがる。肌着ごと、黒い喪服を腰の上までめくりあげる。

「あああああ」

「くぅぅ……」

漆黒の生地から飛び出した下半身は、よけいに白さが鮮烈だ。しかもそのもっちり感は、やはり息づまるほどの迫力である。

健康的な太腿が、膝立ちのまま白い肉をふるわせる。ふくらはぎの筋肉が締まり、あだっぽく盛りあがった。

脚の先には、まぶしいほど白い足袋《たび》をはいている。

そうした眺めにも興奮したが、やはりなんと言っても圧巻なのは、張りつめたヒップのボリュームだ。

完熟の水蜜桃を思わせた。

みのりにみのった甘そうな果実が、官能的な丸みを見せつけ、パンティの布を突っぱらせる。

尻渓谷の存在までをもアピールするかのように、臀丘と臀丘の間がへこんで影ができていた。

ヴィーナスの丘のこんもり加減は変わることなく、蠱惑のふくらみを強調する。

「ああ、義姉さん」

亮二は下品なケダモノになった。今日はとことんやってやると、最初からとっくに決めている。

「ひいぃ……」

(逃がさない)

逃れようとする亜由美の尻に首を伸ばした。ネチョリと舌を飛びださせ、パンティ越しにクリ豆のあたりをいきなり舐める。

……れろん。

「きゃあああ」

はじかれたように、とはまさにこのこと。兄嫁は引きつった悲鳴をあげ、ダイブするように畳に倒れこむ。左右の臀丘がキュッとくっつき、挟みこまれたパンティが縦一条のスジを作った。

「はぁはぁ……義姉さん……」

亮二は息を荒げて未亡人に近づくと、パンティに両手を伸ばす。肌に食いこむ縁の部分に指をかけた。本人に許しも得ず、ズルッ、ズルズルッと一気にずり下ろす。

「ああ、だめぇぇ……」

「おおお……」

プルンと旨そうにふるえつつ、見事な尻肉が露出した。丸まったパンティは下着としての用をなさなくなり、太腿から膝、膝からふくらはぎ、足首へと、その位置を変えてやがて完全に脱がされる。

「いや。いやいや。あああン……」

「はぁはぁ……ああ、いやらしい。義姉さん」

「だめぇぇ……」

亜由美は気を取り直し、上体を起こそうとした。

だが亮二は、そんな兄嫁の機先を制す。脚の間に陣どろうと、ガバッと両脚を開かせた。

「ああああ」

うつ伏せになった喪服の美女は、むちむちした脚をコンパスのように広げ、脚の間に義弟を受け入れてしまう。

「ああ、義姉さん」

「ハアァアン。だめ。いやあ……」

キュッと締まった二つの尻たぶは、脇の部分が抉れるようにくぼんでいた。

亮二はそんなヒップを鷲づかみにし、乳でも揉むようにもにゅもにゅと、ねちっこい指づかいでまさぐった。

そしてさらには――。

「あぁン、いや。ハアァアン……」

「はぁはぁ。はぁはぁはぁ」

なおも尻肉を揉みながら、くぱっ、くぱっと二つの尻を左右に割る。そのたび谷間の底からは、いやらしい皺々の肛門がひくつきながら露わになる。

「おお、義姉さん。知らなかった。お尻の穴まで、こんなきれいなピンク色だったんだね」

尻渓谷の底の眺めに、焦げつくような熱視線を注ぎながら亮二は言った。

臀裂の底で息づく肛肉は、乳輪や乳首と同じ色をしている。これまた日本人離れした、甘く熟した桃の皮の色。アヌスは呼吸でもするように、収縮と開口をくり返している。

「ああ、そんなこと言わないで。は、恥ずか——ああああ」

「はぁはぁ……義姉さん。義姉さん。んっんっ……」

亮二は熟女の尻に顔を押しつけ、肛肉に舌を突きたてた。

尻の谷間に籠もっていたのは、果実を思わせる甘い芳香。淫靡な香りに鼻粘膜をしびれさせつつ、亮二は舌を躍らせて、皺々のアヌスを舐めしゃぶる。

……ピチャピチャ。れろん、れろん。

「んあああ。ああ、だめ。そんな……そんなことしちゃ。あああああ」

「じゃあ、こんなことは。んん？　義姉さん、こんなことは。んっんっ……」

「あああ。あああああ」

亮二は秘肛を舌でこじって責めながら、伸ばした指先でワレメをそろそろといやらしくあやす。

亜由美のそこは、まだぴたりと肉の扉を閉じていた。しかしいくらか、早くもふやけだしていたようだ。

上へ下へと指でなぞれば、ラビアは見る見る開花をし、肉厚のビラビラを花びらのように左右に広げる。

耳に快い粘着音が、少しずつニチャニチャと聞こえだす。

「濡れてきた……はぁはぁ……義姉さん、濡れてきたよ。ああ、いやらしい」

「いや。そんなこと言わないで。ああ、困る。困るの。んあああ……」

うつ伏せの熟女はかぶりを振り、爪で畳をかきむしった。

いやがる気持ちとは裏腹に、熟れた女体はどうしようもなく女の渇望をアピールする。

指でなぶればなぶるほど、亜由美のワレメはさらにひくつき、沸き立つ泉のようにして、蠢《うごめ》く膣穴からとろとろといけない蜜を分泌させる。

「あっあっあっ……はぁぁン、だめ……そこにあの人が……あの人があぁ……」

亮二の責めにプリプリと尻を振り、せつなく身悶えてみせながら、亜由美は盛んに仏壇を気にした。

遺影の中の亡兄が、この世に残した愛妻と弟の乳繰りあいを、かすかに笑いながら見守っている。

（兄貴。もう遠慮しないよ。兄貴にも……義姉さんにも）

亮二は心で優一に語りかけ、遺影を見た。

（そこで見ていてくれ。バチを当てるなら、義姉さんじゃなく俺に頼むよ）

「いいじゃない、義姉さん。見せてあげなよ。今までどんなに一人で頑張ったか」

亮二はなおも兄嫁を責めたてながら、そう語りかけた。

「あっあぁあン……えっ？」

淫らに喘ぎながらも、亜由美は窮屈な体勢で亮二を見ようとする。

「りょ、亮ちゃん……」

「つらかったでしょ、こんなに感じる身体をしているのに……」

「あっ……」

言いながら、突っ伏す兄嫁の腰をつかんだ。

強引に四つんばいの体勢にさせ、丸だしのヒップと股間をググッとこちらに突きださせる。

ヴィーナスの丘には、麻央ほどの剛毛ではないものの、意外にもっさりと繁茂が広がっていた。

陰毛の中からはラビアが飛びだし、別々の方向に肉ビラの先を突きだしている。露わになった粘膜は、早くもねっとりと、淫らな潤みを示しはじめていた。分泌された蜜にコーティングされ、桃色の粘膜が生々しさあふれる姿をさらす。

「りょ、亮ちゃん――」

「こんなに感じる身体をしているのに……エッチもしないで頑張ってきたんだ！」

……れろん。

「あああああ」

今度は剝きだしのワレメを舌でひと舐めした。

そのとたん、またも亜由美はあえなく吹っ飛ぶ。両手を伸ばして畳に突っ伏し、しかも今度は――。

（ああ、なんてガニ股！）

まっすぐに脚を伸ばす姿勢ではなく、つぶれたカエルさながらに、両脚をくの字に曲げて開いていた。

普段はつつましい亜由美がするポーズとも思えない。

喪服姿で丸だしの下半身をガニ股にする亜由美に、いやでも痴情がつのり、もうスラックスなどはいていられなくなってくる。

3

「はぁはぁ……義姉さん……」

「ああ……」

ベルトをがちゃつかせ、スラックスを脱ごうとした。

ボタンをはずし、ファスナーを下げ、下着のボクサーパンツごと、一気にズルッと脱ぎ下ろす。

——ブルルルンッ！

ようやくラクになったとばかりに、飛びだしてきたのはとっくに勃起していたペニスである。

真上に亀の拳を突きあげる怒張は、いつも以上の凶悪さ。

やむにやまれぬ欲望を満タンにして、ピクン、ピクンと小刻みに脈動しつつ、天に向かって吠えている。

どす黒い幹部分には、赤だの青だのの血管が、ゴツゴツと盛りあがっていた。先っぽの亀頭はぷっくりとふくらみきり、肉傘を凶暴に張りださせて、尿口からカウパーを滲ませる。

「はうう……亮ちゃん……あああ……」

アクメのさらなる電撃につらぬかれ、ビクビクと身体を痙攣させながら、亜由美は亮二の一物に気づいた。

雄々しく屹立《きつりつ》する肉棒に、驚いたように目を見開く。

そんな自分のはしたなさに羞恥したかのように、さらに美貌を赤くして、はじかれたように顔をそむける。

「義姉さん、もういいじゃない。一人でずっと耐えてきたんだ」

亮二は言いながら、もう一度未亡人を四つんばいにした。力が抜けたようになった亜由美は、なすすべもなくされるに任せる。

「あぁン、亮ちゃん……」

「こんなに感じる身体を持っているのに……まだまだ若くて、性欲だってせつないぐらい持てあましているのに……んっ……」

……れろん。

「うあああああ」

今度はクリ豆に舌を擦りつけた。亜由美は背すじを逆U字にし、みたび畳にダイブする。

……ブチュッ。ブチュブチュ。

「ああン、いやぁぁぁ……」

「おおお、エロい……」

倒れこんだとたん、力みが入ったのか。

ラビアを広げた女陰から、排泄音にも聞こえる品のない音とともに、さらなる愛液が滲みだしてくる。

愛液は大小とりどりのあぶくを浮かべ、甘酸っぱさいっぱいの卑猥なアロマを、線香の香りにブレンドさせる。

「ハァアン、亮ちゃん……」

「義姉さん、じっと我慢してきたんじゃない。もう十分だよ。見ていられないよ。だって……だって……」

「あぁ……」

亮二は兄嫁におおいかぶさった。閉じようとする熟女の両脚を、自分の脚でまたしても品のないガニ股にさせる。

股間に手をやり、肉棒をとった。ぬめるワレメへと位置をととのえ、鈴口と膣穴をニチャッと密着させる。

「あああ。りょ、亮ちゃん。あの――」

「義姉さんは生きているんだ。生きているんだ！」

――ヌプッ！

「うあああああ」

うつ伏せの喪服美女に、ぴたりと身体を重ねていた。亮二は腰を突きだし、猛る一物を兄嫁の膣内に挿入する。

亀頭がにゅるんと、ぬめる胎肉に飛びこんだ。

亜由美の膣はねっとりと豊潤な蜜を滲ませている。想像以上の温かさと窮屈さも相まって、そのヌルヌル感はいっそう鮮烈だ。

「くぅ、義姉さん……」

――ヌプッ、ヌププッ！

「うあああ。あああああ」

――ヌプププププッ！

「ああああ」

「おおお……気持ちいい……」

とうとう亮二は根元まで、あまさず男根を淫肉に刺した。股間と尻が密着し、汗ばむ熟女のやわらかなヒップを、亮二は肌に生々しく感じる。

「義姉さん……ごめんね。でも俺、幸せだ……」

亜由美への罪悪感はありながらも、亮二は同時に感無量だ。夢にまで見た愛する人とついにひとつにつながれた。

「はうう、亮ちゃん……ハァァァン……」

亜由美は眉間に色っぽい皺をよせ、合体の衝撃に苦悶する。

とまどう気持ちはあるだろう。だが亮二を受け入れた未亡人の美貌には、隠しようのない妖しいものも、強く、リアルに見てとれる。

「うおお……義姉さん……」

その上、陰茎を包みこむ、ネバネバのぬめり肉はさらに正直だ。

うれしい、うれしいと喜悦するかのようにして、波打つ動きで収縮し、亮二のペニスを絞りこむ。

「義姉さん、俺、責任を持つ。ただ、義姉さんとエッチがしたくてこんなことをしているわけじゃない」

背後から、せつない思いとともに喪服の美女を抱きしめた。強い力でかき抱かれ、亜由美は「ああ……」と声をあげる。

「亮ちゃん……」

「愛している。義姉さん、愛してるんだ。もう俺、義姉さんをあきらめられない！」

……バツン、バツン。

「うあああ。あっあっあっ。亮ちゃん。あああああ」

ついに亮二は腰をしゃくり、ペニスを抜き差ししはじめた。

前へ、後ろへ。前へ、後ろへ。

上からたたきこむ激しい動きで、甘酸っぱい気持ちとともに鈴口をポルチオ性感帯に抉りこむ。

「はぁぁ。ハアアァ。あっあっ、亮ちゃん。ああ、亮ちゃん。うあああああ」

いよいよ始まってしまった怒濤の抜き差しに、亜由美は狂ったようにかぶりを振る。

たとえ気持ちはどうであれ、欲求不満の状態をずっと強いられてきた女体は正直だ。

久しぶりに受け入れた硬い怒張に喜悦して、一気に理性が揮発していく。

「ああ、亮ちゃん。どうしよう。どうしよう。あなた。あなたあああ」

ガツガツと亮二に犯されながら、亜由美はエロチックなあえぎ声をあげた。背後の仏壇をさかんに気にし、いやいやと何度も首を振る。

「ごめんなさい、あなた。ごめんね、ごめんね。ああああ」

「義姉さん。ああ、義姉さん」

「んはあぁぁ」

そんな兄嫁の白いうなじに吸いついた。亜由美はビクンと身をふるわせ、あごを天に突きあげる。

「義姉さん、気持ちよくなって。ねえ、いいでしょ。俺のち×ぽ……男のち×ぽ、いいでしょ。んっんっ……」

……ちゅうちゅぱ、ちゅう。

「あああン、亮ちゃん。亮ちゃん。あああああ」

うなじを吸い、たっぷりの唾液とともに舐めながらの肉棒責め。

亜由美はなおも痙攣しながら、引きずりこまれた快楽の渦に、我を忘れた声をあげる。

「いいでしょ、俺のち×ぽ。お願い、ほんとのことを言ってよ。気持ちよくなってほしい。だって義姉さんは生きているんだ。今も、これからも、生きていくんだ」

「あはぁ、亮ちゃん。亮ちゃあああん。あああああ」

思いの丈を訴えながらのポルチオ責めに、さらに亜由美は狂乱した。

絶え間なく熟れた身をのたうたせ、膣奥深くまでほじくり返される悦びに、その目をドロリと濁らせる。

「未来を見て。お願い。過去にばかりとらわれないで。俺が必ず幸せにする。待っているから。俺、いつまでも、いつまでも、待っているから」

「うあああ。亮ちゃあああん」

「義姉さん、気持ちいい？　ねえ、言って。ち×ぽ気持ちいい？」

ペニスを子宮へと突き刺すたび、熟女のヒップと亮二の股間がぶつかった。そのたび湿った爆《は》ぜ音が、バツン、バツンとくり返しひびく。

その音と競いあうかのように、「あああ。あああああ」という亜由美のよがり声も狂乱の度合いを増す。

「あああ。亮ちゃん。亮ちゃん。もうだめ。もうだめえええ。あああああ」

「義姉さん、ち×ぽ気持ちいい？」

「き、気持ちいい。亮ちゃん、気持ちいい。気持ちいいいンンン！」

（ああ、義姉さん）

ついに亜由美は陥落した。

心の奥に秘めていたせつない願望を爆発させる。

亡き夫への思慕も、未亡人としての貞操も捨てさり、今この瞬間に命を燃やす一匹の淫らな牝になる。

「おお、義姉さん！」

――パンパンパン！　パンパンパンパンパン！

「あああ。あああああ」

感激のあまり、ピストンが激しさを増した。

まだ射精をするつもりはない。

ただひたすら、亜由美の膣が気持ちよかった。

膣壁の凹凸《おうとつ》とカリ首が擦れあうたび、火花の散るような快美感がはじける。泣きたくなるほどの多幸感が、臓腑の奥から、じわり、じわりとせり上がる。

「ああ、亮ちゃん。亮ちゃああん。ああああ」

「はぁはぁはぁ。義姉さん、ち×ぽ気持ちいい？　んん？」

亮二はいやらしく腰をしゃくり、膣奥深くまでかき回しながら聞いた。

容赦ない亮二のポルチオ責めに、亜由美は激しくとり乱し、あんぐりと開けた口から唾液の飛沫を飛びちらせる。

「ああ、気持ちいい。ち×ちん気持ちいい。奥いいの。奥っ。奥、奥、奥っ。ああ、気持ちいいンンン」

「くぅぅ、義姉さん！」

……バツン、バツン。

「ヒィイン。だめ、イッちゃう。イッちゃうイッちゃうイッちゃうイッちゃう。ああああ」

……ビクン、ビクン。

「おお、義姉さん……」

ついに亜由美は絶頂に突きぬけた。

派手に身体を痙攣させ、アクメの悦びに耽溺する。右へ左へと身をよじり、覆いかぶさった亮二の身体を今にも振り飛ばしそうになる。

「ああ、義姉さん……感激だよ……義姉さんが、俺のち×ぽでイッてくれた……」

「はうう……亮ちゃん……ああ、だめ……もうだめ……ハアァアン……」

亮二は亜由美にしがみつき、幸せな思いに胸をつまらせながら、耳もとでささやいた。

未亡人は恥ずかしそうに顔をそむけ、奥歯を噛んで首筋を引きつらせる。

「だめ……見られちゃう……こんな私……いやなのに……亮ちゃんにも、ほんとの私、見られちゃう……」

「ね、義姉さん。いいんだ、見せて。全部見せて」

「ああ……」

亜由美はアクメに溺れながらも、せつない本音を亮二に吐露した。

そんな兄嫁が、たまらなくかわいい。

亮二はいとおしさが増した。膣奥深く刺さったままの陰茎が、たまらずヒクンと武者ぶるいのように痙攣した。

4

「くぅ、義姉さん……」

「はぁぁん……」

絶頂の痙攣が一段落すると、亮二は膣からペニスを抜いた。

未亡人の喪服を脱がせにかかる。帯締めと帯揚げをほどき、つづいてシュルシュルと帯もといた。亜由美を四つんばいにさせ、肌着もろとも丸い肩から喪服をずるりと背中にすべらせる。

「あぁン……はぁはぁ……」

露わになったのは和装用のブラジャーに包まれた乳と、すべらかな背中。

シミひとつないきれいな背中は、じっとりと汗を滲ませていた。

亮二は鼻息を荒げ、汗をかきはじめた女体から、ベージュのブラジャーを一気にむしりとる。

——ブルルルンッ！

「あはあぁ、亮ちゃん……」

下着の締めつけから解放された、豊満な乳房がさらされた。推定Gカップのおっぱいは、今日もまた大迫力のボリュームだ。

小玉スイカさながらの肉果実が、重たげに房を踊らせた。

バチン、バチンと湿った音を立てて肉実を打ちつけあい、デカ乳輪もあざやかな、見事な乳を艶めかしくふるわせる。

「はぁはぁ……義姉さん。どうしよう、義姉さんが大好きで大好きで、俺、もうおかしくなりそうだよ」

「はあぁぁ……えっ……？　アアン……」

亮二は性器でつながったまま、亜由美をエスコートした。

達したせいで、思うように力が入らないのだろう。未亡人は義弟にされるがまま、
よろよろと畳から起きあがる。

「――えっ。亮ちゃん」

亜由美を仏壇の前にいざなおうとした。脳裏によみがえるのは、未亡人の梨沙との
淫靡なプレイである。

思えばあのとき、亮二は味を占めたのだ。してはいけない禁断行為をすることほど、
生きているのだと実感できると。

「いや。亮ちゃん。それだけは……それだけは――」

「お願い、義姉さん。見せつけたいんだ」

「ああ……」

とまどって暴れる兄嫁に有無を言わせず、仏壇の真ん前で亜由美を四つんばいにさ
せた。

美しい熟女は喪服をはだけさせたまま、亮二の求めにあらがえず獣の体位になる。

「いやあ、そんな……あなた……あなたああ……」

亜由美は声をふるわせ、遺影を見あげた。亮二はそんな未亡人の背後で体勢をととのえる。

腰を落とし、両足を踏んばった。

反りかえる男根は、たっぷりの愛液でどろどろにぬめり光っている。どす黒い幹のところどころに、白濁した蜜が付着している。

亮二は猛るペニスの角度をむりやり変えた。蜜まみれの亀頭を、ぬめぬめした膣穴に押しつけるや――。

「ああ、義姉さん！」

すぐそこで亡兄が見守る中、亮二はふたたび亜由美の牝肉に男根をたたきこむ。

――ヌプヌプヌプッ！

「ハアァァアン」

ポルチオ性感帯まで一気に抉ると、亜由美ははじかれたように畳に突っ伏した。

尻だけを高々と上げたいやらしいポーズ。

どうやら挿入だけで達したらしい。両手を前へと投げだしたまま、ビクビクと身体をふるわせる。

「おお、義姉さん……」

「ああ、いやン……恥ずかしい……はぁはぁ……でもだめ……もうだめぇ……」

亮二とひとつにつながったまま、亜由美は屈服の体位で白旗を揚げた。

「が、我慢できない……もう無理……無理イィ……気持ちいいのが我慢できないの。もうだめ。我慢できないぃンン！　あああ……」

なおも肢体をふるわせ、ついに亜由美は完全陥落の言葉を叫んだ。

（ああ、義姉さん）

亮二はもう感無量だ。

兄嫁の身体を引っぱって、もう一度四つんばいの格好にさせる。身体にまつわりつく喪服をむしりとった。

肌着もいっしょに脱がせれば、三十六歳の未亡人は、白足袋を両脚につけただけのなんとも凄艶な姿になる。

「ああ、亮ちゃん……亮ちゃあああん」

「はぁはぁ……気持ちよくなって。いいんだ、義姉さん。それでいいんだ！」

「ひはっ」

……バツン、バツン。

「あああ。あっあっ、あああああ。亮ちゃん。ヒイィン、あなた。あなたああ」

いとしい兄嫁を獣の体位に這いつくばらせ、亮二は腰をしゃくり、雄々しい抜き差しをくり返す。

「ヒイィン。ヒイイィ」

二人の目の前には、線香の煙がたゆたう仏壇があった。いやでも視界に飛びこんでくるのは、ありし日の兄の姿である。

「ああ、あなた。あなた。うあああぁ」

亜由美は亮二に犯されながら、あごを突きあげて亡き夫を見た。

亮二は背後から、その表情をさりげなく覗き見る。

目を見開き、わなわなと朱唇をふるわせながらも、亜由美の顔には隠しがたい背徳の気配が滲みだしていた。

「ああ、あなた。ごめんね。ごめんね。でも……でも……！　あああぁ」

「はぁはぁ……義姉さん、ち×ぽ気持ちいい？　義理の弟の、でっかいち×ぽ気持ちいい？　そら。そらそら、そら！」

亮二には分かった。

もはや亜由美は、亡き夫への罪悪感すら燃えあがる官能のたきぎにしている。それを証拠に兄嫁は、もはや「やめて」とは言わなかった。

「あああ。うあああああ」

ガツガツとポルチオを執拗にほじられ、我を忘れた声をあげる。恍惚とした顔つきで、目を潤ませて遺影を見る。

「ああン、亮ちゃん。亮ちゃん。うあああ。ああ、あなた。あなたああ。あああああ」

見開いた両目から、ぼろりといきなり涙があふれた。

未亡人はなおも、「あああ。あああああ」と獣の声をあげながら、ガリガリと畳をかきむしる。

「あなた、ごめんね。こんな女でごめんね。ああ、でも気持ちいい。あなた、許して。私、気持ちいい……気持ちいいの。あああああ」

「おお、義姉さん……」

亮二は快哉《かいさい》を叫びそうになった。

亡兄の遺影に目をやり、心の中で手をあわせる。

兄貴、さっき訴えたとおりだ——バチを当てるならこの人ではなく、どうか俺に当ててくれ。

「き、気持ちいい、義姉さん？　俺のデカち×ぽ気持ちいい？」

……バツン、バツン、バツン。

それまで以上の激しい抉りかたで、亮二は膣奥をほじくり返した。

餅《もち》をつく杵《きね》さながらにとろける子宮に、ヌポリ、ヌポリと亀頭を埋める。肉傘で膣ヒダをかきむしりながら、とば口近くまで引き抜いて、またしてもポルチオを激しく抉る。

「うあああ。ああ、亮ちゃん。ああああああ」

涙のしずくを振り飛ばしながら、淫らな獣は艶めかしくあえいだ。

「気持ちいい、義姉さん？　ねえ、どうなの」

「ああああ。あああああああ」

「義姉さん！」

「き、気持ちいい。亮ちゃん、気持ちいい。もっとして。お願い、もっとして。ああああ。あああああああ」

(最高だ)

全裸に白足袋の熟女は、恥も外聞もなく肉の渇望を訴える。

「あなた、ごめんね」とさらに何度も謝罪しつつも、夫の前でその弟に犯される被虐の悦びにどっぷりと溺れる。

「義姉さん、俺のデカち×ぽいい？」

怒濤の勢いで腰を使い、膣奥深くまでペニスを突き刺しては、上ずった声で亮二は聞いた。

「はあぁん、亮ちゃん。うあああぁ」

「ねえ、気持ちいい？　デカち×ぽ気持ちいい？」

「あああ、気持ちいい。このデカチン気持ちいいの。こんなのはじめて。亮ちゃん、私こんなのはじめてなの。あああ、デカチン気持ちいい。デカチンいい。あああぁ」

「おお、義姉さん！」

「ハアアァン……」

亜由美の腰をつかみ、畳から起こした。性器で一つにつながったままさらに場所を移し、兄嫁に仏壇の縁をつかませる。

5

「ああ、亮ちゃん。ああああぁ」

兄貴、もっとよく見せてやるよと言わんばかりに、遺影の目と鼻の距離に未亡人を近づけた。

立ちバックになった亜由美の腰をつかむと、またしても激しい突きを連打連打で、膣肉のぬめりに抉りこむ。

――パンパンパン！　パンパンパンパンパン！

「あああぁ。ああ、気持ちいい。あなた、ごめんね。でも我慢できない。あああぁ」

前へ後ろへと裸身を揺さぶられ、つかまった仏壇をガタガタと揺らして亜由美は吠えた。

生殖行為に狂乱するケダモノと化して遺影に語りかける。

「ああ、兄貴。はぁはぁ……このおっぱいは、もう俺のものだ！」

そんな亜由美に、ますます亮二も昂ぶった。なおも性器を擦りあわせながら、背後から亜由美に身体をくっつける。

「ハアァアン」

両手を回し、たわわなおっぱいを鷲づかみにした。

亡兄に見せつけるかのようにして、大きくてやわらかなおっぱいを原形をとどめないほどもにゅもにゅと揉む。

「あン、亮ちゃん。いやン、感じちゃう。もっと揉んで。おっぱい揉んで。あああ」

亜由美はもう、いつものつましい彼女ではなかった。

気がふれたようなよがり吠えをほとばしらせ、もっともっととねだるように自ら尻を擦りつけてくる。

「ヒイィン。ンッヒイイィ」

亮二は乳を揉みながら、乳首を指で執拗に擦った。

言うまでもなく、乳芽はすでにビンビンだ。

汗の湿りとはまた別の、乳首ならではの淫靡な湿り。それを亮二にアピールしつつ、義弟が何度擦りたおしても、そのたびぴょこりともとに戻る。

「はぁはぁ……義姉さん、気持ちいい？」

「あぁん、気持ちいい。とろけちゃう。おかしくなっちゃう。うあぁ。あああああ」

「おお、義姉さん！」

「きゃあああ」

こんなに激しく興奮したことは、一度だってなかった。気づけば亮二は兄嫁の脚をすくいあげ、虚空に抱えあげていた。

「はあぁん、亮ちゃん。ああ、すごい。ああああああ」

――パンパンパン！　パンパンパンパン！

「あああ。気持ちいいの。気持ちいいンン。ああああああ」

亜由美は淫肉に猛る怒張をズッポリと突き刺されていた。

両脚をM字に広げられ、背後から突かれる駅弁の体位で、さらに淫らによがり悶える。

後ろから突き上げるようにペニスで抉るたび、足袋をはいた脚の先がブラブラと何度も激しく揺れた。

「あああ。あああああ」

よほど気持ちがいいのだろう。亜由美は天を仰ぎ、彼女とも思えないズシリと低い声で吠える。

Gカップの巨乳が、上へ下へとリズミカルに揺れた。

色白の美肌が薄桃色にゆだり、汗の微粒が噴きだして、全身がぐっしょりと濡れてくる。

「ああ、気持ちいい。亮ちゃん、気持ちいいの。もうだめ。イッちゃう。私イッちゃうよおおう」

「おお、義姉さん。ああ、潮《しお》、すごい……」

ガツガツとペニスをたたきこむたび、肉棒に押しだされるかのようにして、透明な潮がブシュッ、ブシュシュッと畳に飛びちった。

さすがに仏壇まで濡らすのは気が引ける。思いは亜由美も同じだろう。亮二は後ずさり、亜由美が気兼ねなく潮を飛ばせるようにした。

「そらそら。そらそらそら！」

「うああ。気持ちいいよう。気持ちいいよう。ああああああ」

――ブシュッ！　ブシュブシュ！

「ああ、すごい。そ、そら。そらそらそらそら！」

……バツン、バツン、バツン。

「あああああ。もうだめ。おかしくなる。おかしくなるうう。あああああ」

――ブシュブシュ！　ブシュシュ！

亮二の怒濤のピストンに、仏間の畳はすごいことになる。大量の飛沫が後から後からバラバラと雨滴のように落ち、あっという間にあたり一帯が、失禁でもしたように濡れそぼる。

(もうだめだ)

いつまでも、大好きなこの人とペニスと膣肉を擦りあわせていたかった。しかし牡の本能が、亮二にそれを許さない。

「ハアァン、亮ちゃ――ああああ」

――パンパンパンパン！　パンパンパンパンパンパン！

亜由美を畳に下ろすと、仏壇近くの壁に手を突かせた。いよいよ最後のピストンを、亮二は未亡人にお見舞いする。

（あああ）

カリ首とぬめり肉がこすれるたび、腰の抜けそうな快感がひらめいた。ひと刺しごと、ひと抜きごとに爆発感が膨張し、耳の奥からノイズが高まる。

「ヒイィン。ンッヒイィ。ああ、気持ちいい。亮ちゃん。亮ちゃん。ああああぁ」

「はぁはぁ……イクよ、義姉さん。もう我慢できない！」

「あはあああ」

バックからしつこく突きあげられ、亜由美は爪先立ちになる。

足袋をはいた脚の先。かかとが浮いた。ガクガクと激しく脚がふるえ、太腿の肉にさざ波が立つ。

「あああ、私ももうだめ。イグッ。イグゥゥ！　おおお。おおおおおっ」

「ああ、出る……」

「おおおおっ。おっおおおおおおおっ‼」

――どぴゅっ！　どぴゅどぴゅどぴゅ！

エクスタシーの荒波に、頭から完全に丸呑みされた。

亮二は絶頂に突きぬけ、全身がペニスになったような快さに打ちふるえる。

……ドクン、ドクン。

(気持ちいい)

射精をするたび、ザーメンが激しい勢いで膣内に飛びちった。精液と同時に魂までもが身体から抜けて揮発していくかのようだ。

三回、四回、五回――兄嫁の膣奥深く突き刺さったまま、亮二の陰茎は何度も雄々しく脈動した。

天空高く吸いこまれていくかのような快感は、今までのどんなセックスよりも強烈だった。

「あっ……あああ……はうぅぅ……ああぁぁン……」

「義姉さん……」

しばしうっとりと、射精の悦びに酔いしれた。そんな亮二をこの世に引き戻したのは、彼の吐精を受けとめる最愛の熟女の声だ。

「入って……くる……いっぱい……いっぱい……アアン、温かい……」

「義姉さん……」

なおも射精をつづけながら、背後から亜由美を抱きしめた。

火照る女体はねっとりと汗のしずくを噴きださせる。力をこめて抱きすくめれば、肌と肌とがヌルッとすべった。

「亮ちゃん……はあぁ……」

亜由美はその指を、そっと亮二の手の甲に重ねた。美熟女は細く白い指にまで、たっぷりと汗をにじませている。

射精はなかなか終わらなかった。これは間違いなく、妊娠させてしまうのではないかと思うほどだ。

「はぁはぁ……」

「はぁはぁ……はぁはぁはぁ……」

二人はひとつにくっついたまま、乱れた息を鎮《しず》めあう。こんなに満たされた気持ちになったのは、はじめてかもしれなかった。

亮二はうっとりと目を閉じて、ペニスを締めつける膣肉の快さに溺れつづけた。

終章

「お疲れさま、亮ちゃん」

「あっ、お疲れさま」

告別式が終わり、遺族と会葬者たちが式場を後にした。亮二はスタッフとともに、参列客を精進落としの会場に案内する。

そんなところに、亜由美がそっと近づいてきた。

今日もまたもらい泣きをして、涼やかな目を真っ赤に腫れあがらせている。

「また泣いちゃって……スタッフがもらい泣きしていてはどうしようもないわね」

鼻をすすり、目元をぬぐって作り笑いをしながら亜由美は言った。亮二はそんな兄嫁を、いつもと同様、微笑とともに見つめ返す。

——そんなあなたが大好きなんだよ、義姉さん。

心で亜由美に語りかけた。

「じゃあ俺、ちょっと住職に挨拶をしてくるよ」

亮二は亜由美にささやき、小さくうなずく。亮二の最愛のその人は「あ、うん。お願いします」と生真面目に返事をし、上品な挙措で彼のもとを離れた。

黒いユニフォームの下。肉感的な女体は今日も窮屈そうである。

スカートなど、パツンパツンに突っぱって、大きな尻が桃のようないやらしい形を浮きあがらせている。

（おおお……）

そんな眺めを見ただけで、股間がぞわぞわと妖しくしびれた。また兄嫁を裸にし、思う存分ケダモノに変えてみたいと思ってしまう。

（いかん、いかん）

不謹慎だぞ仕事中にと思い、せき払いをした。自分の不甲斐《ふがい》なさにあきれつつ、センターの一角にある導師控室に向かう。

兄の一周忌のあの日以来、いろいろなことが変わっていた。表面上はそれまでと変わらない日々を送っていたが、じつはあれこれと変化している。

まず亮二は、兄がしていた裏仕事をすべてやめた。

響子や梨沙以外にも、未亡人から相談されることがあり、「あなたもでしたか」と驚いたことも一度や二度ではなかったが、すべて丁重に断った。

過去は変えられないが、未来はそんな風に変えていける。

そして、そうやってすべての裏仕事を放棄することが、自分なりの亜由美への誠意の示しかただと思っていた。

亮二はあらためて、亜由美に求愛をしていた。そんな義弟の真摯な態度に、兄嫁もまた少しずつ彼への想いを変化させつつあった。

だが、三回忌が終わるまで、返事は待ってほしいと言われていた。

今さら亡夫に向けられる顔はないものの、せめてそれまでは未亡人としての務めをしっかりと果たさせてほしいと。

もちろん亮二は承諾した。

だからあれ以来、じつは亜由美ともごぶさただ。

顔を見ればいつだってその場に押し倒したくなりはするが、亮二は必死に自分を律し、亜由美の思いを尊重することに決めていた。

「亮ちゃん」

そんな風に亜由美とのことを考えていると、麻央が声をかけてきた。いつものように、生花をとどけに来てくれていた。

「いやらしい。亜由美さんのこと、考えてたんでしょ」

麻央は耳もとに顔を近づけ、からかうように言った。

「な、なな、なにを言ってるんだよ」

「ムフフ」

あわてて抗議をしようとするが、麻央はジト目で亮二を見て、意味深長に含み笑いをする。

「亮ちゃんってスケベだから、エッチなことを考えているとすぐ鼻の下がゴムみたいに伸びるのよね」

「そ、そんなわけないだろ」

からかわれていると知りながら、つい反射的に鼻の下をさわった。麻央はくすっと笑い、肩をすくめる。

亜由美とのことは、包み隠さず麻央にだけはすべてを正直に話していた。

「三回忌までは辛抱なんでしょ。約束守らないとすべて水の泡かもよ」

「わ、分かってるって」

「じゃあね。フフ」

麻央は小さく手を振り、亮二の前を離れていく。亮二は申し訳なさを感じつつも、応援してくれている幼なじみにもあらためて心で感謝した。

（さあ、仕事仕事）

麻央の後ろ姿を見送ると、大きく深呼吸をした。

ふたたび、仕事モードで歩きだす。

法要が終わったばかりのセレモニーセンターは大勢の人たちで混み合っていた。

亡兄の三回忌まではまだまだ長い。

だが、それまで我慢できないのは、ひょっとしたら自分だけではないかもしれないとも、正直思う。

（こっちはいつでもウエルカムだからね、義姉さん）

心で兄嫁にメッセージを送り、亮二はさらに急ぎ足になった。

いとしい人との恋の物語は、ようやく幕を開けたばかり。

亮二は胸を躍らせて、思わず知らず、一人でにやけた。


（了）

※本作品はフィクションです。作品内に登場する団体、
人物、地域等は実在のものとは関係ありません。

ほしがる未亡人《みぼうじん》

〈書き下ろし長編官能小説〉

2021年9月28日　初版第一刷発行

著者……………………………………… 庵乃音人

ブックデザイン…………………橋元浩明(sowhat.Inc.)

発行人………………………………………後藤明信
発行所…………………………………株式会社竹書房
〒102-0075　東京都千代田区三番町８－１
三番町東急ビル６F
email：info@takeshobo.co.jp
http://www.takeshobo.co.jp
印刷所……………………………中央精版印刷株式会社

竹書房ラブロマン文庫　近刊目録

※価格はすべて税込です。

好評既刊

長編官能小説
女子寮デリバリー
美野　晶　著

大学の女子寮に夜中に弁当を届けることになった青年は、よく食べる美人女子大生たちに誘惑され秘密の快楽を!?

770円

長編官能小説〈新装版〉
ご奉仕クリニック
北條拓人　著

看護師の青年は女医や同僚のナースに誘惑され、医療系お姉さんを淫らに癒しはじめる…。ハーレム院内ロマン。

770円

長編官能小説
とろみつ図書館
桜井真琴　著

眼鏡美人司書の美月に惹かれ図書館で働く青年は、熟女職員や人妻にも誘惑される快楽の日々を…。性春エロス！

770円

長編官能小説
みだら指南塾
北條拓人　著

男の性欲能力が大きく失われた世界で、青年は美女教官から女の悦ばせかたを熱く学ぶ…。誘惑ハーレム長編！

770円